Bespuće

Bespuće

Veljko Milićević

Globland Books

Gospođici O.S.

Obična i svakidanja gungula u kavani; ljudi koji se mimoilaze i pozdravljaju; vrata koja se otvaraju i zatvaraju sa treskom; momci što žurno prolaze, njišući na poslužavnicima šolje i čaše vode; u viku naručivanja i prazno udaranje kugla na bilijaru, miješa se vatreno i glasno raspravljanje penzioniraca o narodnim pitanjima, pretrpano njemačkim riječima. Okolo, na svojim stalnim mjestima, stari gosti kavane, zavaljeni, zaklonjeni novinama koje su prošarane praznim, konfiskovanim stupcima; kadgod se, s jedne strane, začuje kratka, vatrena đačka svađa i utiša se; zvekne koja sablja i zazvekću mamuze; od vremena na vrijeme, čuje se s kase ženski smijeh, bezbojan i vječno jednak. I ta sva graja još je više povećavala sparinu u kavani, punoj dima koji je pravio maglicu, dizao se prema stropu i gušio u grudima.

Za stolovima za igranje, vidjeli se pognuti ljudi; igralo se s vatrom i zanimanjem; s lupom padale karte po zelenoj čoji; nastajala trenutna tišina; sa zvekom padao koji put novac na zemlju; i od vremena na vrijeme dizala se svađa.

Jedno đačko društvo očito se dosađivalo. Karte se lijeno miješale, nemarno uzimale, brojile bez zanimanja, pogledi padali na druge stolove; vidjelo se da svi jedva čekaju da se svrši partija koja se beskonačno otegla. I svi, u jedan mah, sa uzdahom olakšavanja, baciše karte, brišući maramama znojna lica i posijedaše oko prozora.

Napolju, jedno natušteno junsko popodne, sa suncem koje se izgubilo iza gustih oblaka, ali koje je ostavilo u vazduhu toplinu svojih zraka, upijenu u pločnik i u zemlju. Topao vjetar digne pokatkad debelu prašinu, zavitla je u vazduh i s njom naglo projuri, u nekoliko mahova, ulicu; tresne vratima kavane, zdrma prozore; negdje u susjedstvu tresnu vjetar prozorom i staklo se rasu po pločniku; nekome vjetar ponese šešir. Tmasti oblaci miješaju se nemarno i smućeno. U vazduhu nešto teško što zaražava čamom i malaksalošću.

Njihovi pogledi pratili su krupne kaplje kiše koja je škropila pločnik, rasprskavajući se, uzimajući maha sve jače, pljušteći, stvarajući lokve i potočiće koji su krivudavo otjecali. Snažni mlazovi razbijali se o prozor kroz koji su oni gledali, i cijedili se niz staklo. Ljudi s uzdignutim jakama, i žene, prihvatajući suknje, žurili se, trčeći i tražeći zaklona. U kavanu jurnu naglo jedno mnoštvo ljudi, nalazeći jedva i s mukom mjesta.

Gavre Đaković, mali, krupan, crn, naslonio se, zavaljen na kanape od crvene kadife, s opruženim nogama, s palcima u džepovima od prsluka, s izgubljenim očima na stropu, u zbrkanim secesionističkim slikama koje su tada ušle u modu. Do njega, jedan visok, krupan, glavat Bosanac koji govori u basu, bubnja prstima po prozoru i svaki čas strahovito zijeva; jedan Srijemac, sitan, plav i kicoš, s visokom kragnom, crvenim prslukom i vazda tijesnim pantalonama, šara jednom olovčicom po mramornom stolu, ljuteći se što mu kiša pokvari jedan krasan sastanak u Tuškancu. U njihovom društvu nalazio se još jedan mlad, štrkljast, golobrad đak, vjerovatno brucoš i na svaki način jedan nov gost kavane, koji nošaše s uživanjem cviker i namještaše ga svaki čas, ogledajući se u velikim ogledalima uokolo, očito s dopadanjem.

Sa drugog stola zovnu jedan poznanik Gavru Đakovića da igraju bilijara. On mahnu rukom i odbi. Nije osjećao ni najmanje volje za igru. Uze u ruke *Simplicissimus* koji je redovno čitao. Nije bio raspoložen za čitanje i on ga baci na stranu.

I koliko god se trudio da nađe razlog zašto je neraspoložen, nije ga nalazio. Nije izgubio na kartama, imao je para, nije se ni s kim posvađao, nije se sjećao da mu se desilo nešto neugodno. Osjećao je samo u sebi nešto slomljeno, satrveno, tjeskobno; kad se to desilo i zašto je došlo tako iznenada, u jednom trenutku, nije znao. Tek zavitlalo se nešto u njemu, zaigralo, zabolilo ga, steglo ga, streslo ga i tjeralo ga dalje, dalje otuda, iz toga bljutavog života u kome se gušio više od osam godina.

I njegove oči gledahu sa zaprepašćenjem sav ovaj svijet u kavani, koji je, u jednom trenu, izgubio za njega svoj obični izgled, kao da je bilo nešto što ga je skrivalo, uljepšavalo i najednom iščeznulo; kao da se zderao neki veo s tih lica koja je on naučio da viđa gdje ulaze u kavanu u stalno vrijeme, gdje sjedaju na svoja mjesta, čitaju iste novine, i opet, u stalan čas, kreću se, dižu i izlaze. I on s čuđenjem posmatraše mnoštvo đačkih lica, s kartama, takovima u rukama, zavaljenih i bez misli; činovnika što donose sa sobom zadah kancelarije i debelih protokola; utegnutih i namirisanih oficira; sijedih i ćelavih penzioniraca, zapuštenih, neobrijanih, zaraslih u brade, s naočarima što padaju nisko po nosu, sa svojim svakidanjim, laganim navikama, koji čitave sate čitaju novine i raspravljaju o politici sutra u ranoj šetnji oko Cmroka u Tuškancu. I u tome svijetu on je proveo toliko godina, umirao, trunuo zajedno s njima, živeći kao i oni. Poznavao je te ljude po odijelu, šeširima, navikama; njihovi glasovi dolazili mu gadni, njihove kretnje odvratne, njihovi pogledi glupavi. I on, za jedan trenutak, nađe u sebi samo strašnu mržnju za njih i nizak prezir za sebe. On osjećaše neodoljivu potrebu da ode, da uteče od njih, da ih ne čuje, ne vidi, ne misli na njih. Pa onda, on je osjećao u sebi slabost da ih bijesno mrzi, oni su ga samo umarali, kao da se na njega sručio sav teret njihovih života koje oni tako mučno i naporno vuku, i lijeno, olovno mrtvilo njihovih duša. On je saznao u jednom trenu da ne može više da živi među njima; uzrujavala su ga ta nepromjenljiva lica koja redovno viđa, ulice kojima svaki dan prolazi, kao i njegova stara đačka soba, puna nereda, koja se već uživila u njega.

Njega je gušio taj vazduh.

Činilo mu se da će da odahne kad ugleda vrletne planine, s golim glavicama na kojima uveče umire sunce; sure šume sa proplancima na kojima ovce naliče na bijelo kamenje što se kreće; da otisne oko niz polja, puna boja, izrezana i ispresijecana međama, puna ječma što se žuti, zobi što se zeleni, rijetkih, malih crvenkastih kukuruza, gustih, sirovo zelenih konopalja, i šarenih bara i košanica. A živa svježa pruga Une ispresavijala se kao sjajna zmija preko polja, izgubljena pokatkad između brežuljaka, zaustavljana mlinovima, rušeći se šumnim i zapjenušenim slapovima koji prskaju i šire hladnoću oko sebe, gubi se u klance kroz koje se provlači stiješnjena i izubijana između strmih, odsječenih litica koje sijeku vodu. I on osjeti želju da vidi one visoke, krupne, pocrnjele ljude, da im stisne njihovu tvrdu, žuljevitu ruku, da ugleda sitne kućice, sa crnom istrulom šimlom, malim prozorčićima, nejednako izrezanim u drvetu, visokim pragovima, otvorenim vratima, kroz koja se crveni drhtava vatra na ognjištu.

Gavre Đaković se diže, rukova se hladno s drugovima i iziđe na ulicu.

Ulice su bile blatne i kaljave. Svijet je pažljivo prelazio s jedne strane na drugu, obilazeći lokve vode i gomile blata koje se zgrtalo; žene pokazivale donje suknje, uprskane blatom. Sredinom ulice, praveći velike korake, prolazili seljaci i seljakinje u bijelom s košarama na glavi: seljakinje s trobojkama u kosi, kratkim košuljama do koljena i bijelim čarapama; seljaci s malim šeširićima, nalik na pečurke, u tijesnim kaputima od bijele čoje s gajtanima.

Oblaci se razmicali i cijepali. Pomaljalo se oprano, čisto plavetnilo neba; sunce odsijevalo u lokvicama vode; osjećalo se nešto bezazleno, s mnogo dobrog, djetinjeg osmjeha.

On se žurio kroz tu gomilu svijeta, ne mareći da opazi ikoga, da se osvrne za kojom ženom, da pozdravi koga ili da kome vrati pozdrav. Zaustavi ga seminar koji je prolazio Ilicom, praveći večernju šetnju: dugačka povorka mladih klerika, sva crna; sa širokim šeširima koji bacaju sjenku na lice i

prave ga tamnim; u uskim mantijama, sa crnim po-
jasima; većina sa dugačkim, ispijenim, izbrijanim
licima, sa naočarima, skidajući u jedan mah, lagano
i duboko, šešire, opazivši jednog kanonika, malog,
zabreklog u salo, s nabubrenim, rumenim, čistim
licem, zadovoljnog i spokojnog, koji se lagano mi-
cao i prijateljski im klimnuo glavom.

Oni su prolazili ćuteći, lijeno se provlačili uli-
cama i unosili u svježe predvečerje, puno smijeha
i mladog života, nešto mračno i turobno, nalik na
sprovod.

Posvršavao je brzo sve poslove: spremio malo
stvari; rekao gazdarici da ide na izvjesno vrijeme
kući; brzojavio da mu se kod kuće spremi soba. I
već se spuštao suton, sa nebom na zapadu još sv-
ježe okrvavljenim od sunca, kad se on lagano prib-
ližavao stanici. Usput ga srete jedan njegov kolega,
uze mu cigaretu duvana i dvije krune na zajam:
„do sutra”. On mu ih dade bez riječi, rekavši da
ide malo u Karlovac. Nije ni sam znao zašto ga je
slagao. I on sleže ramenima. Svejedno.

U tom času, zabrujaše zvona sa katedrale *Zdravo
Mariju* i prolamahu vazduh svojim punim i
širokom zvukom. Začas se oglasiše zvona s drugih

crkava; nesložno, glasovi se sudarali i razbijali; sitno i visoko pištala zvona s jedne kapelice, nadglašivala ostala, gubila se u brujanju velikih zvona i plačno se ponovo isticala.

On večeraše na stanici i, iščekujući voz, dosađivao se, pušio i posmatrao jedno društvo oficira koji su glasno razgovarali njemački i grohotom se smijali, gledajući izazivački žene koje su prolazile i praveći glupave i drske primjedbe.

Kad je izišao na peron, veče je bilo ugodno i svježe; oblaci se bili sasvim izgubili; nebo bilo prošarano zvijezdama. Njega se ugodno dojmila lupnjava vozova i mašina koje su jurile pored njega, uz nervozno trčkaranje činovnika s fenjerima, sa mađarskim uzvicima i psovkama. On se trudio da ne misli ništa. Tek samo jednom natisnu mu se misao: „Kud ja to, do đavola, idem?" i izgubi se u onoj lomljavi i metežu.

Njegov voz projuri i stade odjednom; iz njega kuljnu mnoštvo svijeta i, prolazeći pored njega, iščezavaše kroz jedna vrata. On se pope u kola i stajaše na prozoru.

Iz čekaonice treće klase pojuri jedno raznoliko mnoštvo: seljaci i seljakinje, s košarama i velikim zavežljajima, gurajući se, spotičući se, sudarajući se, žureći se da što prije uhvate mjesto; nekoliko vojnika natovarenih telećacima koji su ih tištali, s puškama, sa savijenim kabanicama preko grudi, putujući na određeno mjesto; dostojanstveno se penjala u kola dva žandarma, s bajonetima na puškama, praveći nekome društvo. Pomoli se gomila Ličana, zbrkana, nespretna, šarena; jedni još u gaćama i opancima, s crvenim kapicama na glavi, vukući vreće svojih stvari i drvene male sanduke; drugi, sa velikim šeširima, iskrivljenih krila, u prljavim, širokim, iskrpljenim pantalonama i teškim cipelama u kojima nisu znali da idu i koje su lupale. Oni su dizali galamu svojim glasnim razgovorom, vičući, dozivajući se, smijući se iz svega glasa, poneki malo napiti i zagrljeni, hitajući da sjednu, smeteni dalekim putem na koji se spremaju, unoseći među svijet dobrodušnu i prostu zabunu, smetajući prolaz, bojeći se da ne ostanu iza voza. Oni su bili projurili čitav peron i vraćali se natrag, isto tako zgužvani, smiješani, smućeni, s istom grajom, dovikivanjem, jedva dišući pod teretom koji su vukli, ne mogući da nađu svoj voz, zapitkivajući činovnike, koji su se na njih otresali mađarski. Kad jedan Ličanin prođe pored Gavre Đakovića, zaostao, hitajući da dostigne ostale, on ga zapita:

— Dokle idete?

— Preko mora, odgovori onaj dobroćudno i prazno, ne poimajući značenje te riječi, nasmija se, pokaza svoje jake bijele zube i ode brzo. On vidje gdje ih potrpaše u jedan drugi voz koji ode prije njegovog. Oni projuriše pored njega, sa pjesmom, grajom i galamom, nadvikivajući lupnjavu željezničkih kola. Sa prozora mu mahnu rukom onaj s kojim je progovorio nekoliko riječi. Gavre Đaković se silom osmjehnu i mahnu rukom.

On se spusti na sjedište i bi mu nešto teško kad mu iziđe pred oči gomila njegovih zemljaka. Voz se međutim uzdrma i krenu. On se pruži, zari glavu u kožni jastuk i pritisnu rukom oči, trudeći se da zaspi.

Voz se ljuljao, treskao i tutnjao; kondukter prolažaše, lupajući vratima, sa fenjerom u ruci. To jednolično lupatanje navlačilo mu je drijem na oči, ali mu nije dalo da spava. Gavre Đaković tražio je silom sna da se odmori, da sve zaboravi, da prespava ovaj poznati put gdje zna i imena stanica i kojim redom dolaze i kako izgledaju. Sve što mu je polazilo za rukom, bilo je da pronađe neku vrstu poludrijemeža, izmiješanu sa polusnom, punim strašnih priviđenja, trzajući se svaki čas, namiještajući se i prevrćući se. Vazda, kad je otvarao oči, vidio je, u drugom, najudaljenijem ćošku kola, u prljavoj svjetlosti napola zastrte svjetiljke, jednog čovječuljka, mršavog i kržljavog, s malim, nerednim, nakostriješenim brcima koji su ulazili u usta, sa žutim licem i sitnim očima; šćućuren, zguren, zbijen uz drvo, nepomičan, s velikim rukama koje držaše nespretno na koljenima, s jednim golemim zavežljajem iznad svoje glave, ispod kojega izgledaše još sitniji, jadniji, kržljaviji, sa svojim preplašenim očima, bojeći se vječno nečega. I kad god je Gavre Đaković dizao oči, vidio je njega, vazda jednakog, sa istim držanjem, istim preplašenim očima, ispod istog golemog zavežljaja.

Kroz otvoren prozor udarao je vjetar i unosio oštar noćni vazduh; mašina sipala kišu varnica koje su se gasile; bjelasale se rijeke, s lomljavom se prelazili mostovi; zaustavljali se na stanicama, sa sitnim i zveckavim kucanjem zvonaca, s jednoličnim trčkaranjem činovnika koji mašu fenjerima, s uvijek istim uzvicima. Mašina izbacivala snažno i dahtavo paru, u punim, gustim i debelim dušcima i voz se ponovo kretao u tamu, u nepoznatu daljinu, punu mraka, buneći svojom tupom lomljavinom mrtvačku tišinu zaspalih polja; naličio na nemirnu i nesrećnu životinju koja juri preko mrtvih predjela, kroz jednu vazda istu noć, kao da traži puta koga nema.

Gavre Đaković osjećaše se sav razdrman, izlomljen, izubijan, kao da putuje nekoliko dana. Lagano ga je bolila glava. On osjećaše po sebi nešto teško što ga sažima pod svojim teretom. Sve ga je smetalo, bunilo, uzrujavalo. On je već toliko puta, i nehotice, pročitao natpise u kolima i znao ih gotovo napamet; neke fraze, grozne i sakate, urezale mu se u pamet i neprestano se ponavljale, mučeći, progoneći, kinjeći. O čemu god počimaše da misli, uvijek se utiskivala u tu misao ona sakata i nakazna izreka, štampana jednim nespretnim i zdepastim slovima. Njega to sve umaraše, i vožnja, i misli, i natpisi, i onaj nepomični čovječuljak s mišjim očima i ogromnim zavežljajem više glave. Pred osvit, on osjeti još veći umor, očni kapci bijahu mu teški i zapaljeni, duvan mu nije prijao, usta mu bijahu gorka, i olovna malaksalost umrtvljavaše mu cijelo tijelo.

Noć je blijedila, zvijezde se trnule, pomaljale se telegrafske žice, nejasno drveće prolijetalo pored voza; polja dobivahu pomalo boje, ali još bijahu jednolika, nepomična i neprobuđena.

Poslije nemirne i neprijatne noći, isprekidane snovima bez smisla, kad se je, prvo jutro, neodmoran i neispavan, probudio u svojoj kući, on se prestrašio od ravnodušnosti koju je osjećao u sebi. Lijeno i lagano je podigao oči, pogledavao nekoliko puta po sobi, zaustavio pogled na jednom mjestu gdje je bio obijen zid, spustio ga na prozor koji je gledao u vedar dan, pun modrine i svjetla, uvjerio se da se nalazio u svojoj kući, ponavljao tu riječ, naglašavao je, i ništa se u njemu nije maklo, zaigralo, potreslo. Uspomene na prijatnije dane bile su utekle nekud u daljinu i tamo izgledale male i neznatne, a sadašnjost mu se činila plitka. I zamalo mu ne uteče jedan prezriv osmijak. On se ipak suzdrža.

On je strahovao od toga prvog jutra; bojao se

budalaština, suza. Juče mu se te djetinjarije vrzle po glavi, bio je slab da nadjača samog sebe; u jednom času osjetio je da su mu oči vlažne. Juče nije smio da se toga stidi, bojao se da ne uvrijedi, da ne ponizi nešto — što je to bilo, nije znao — da li sebe ili one koji su umrli.

Čitav dan se drmao kolima, slušao pričanja razgovornog kočijaša, koji je više volio da priča nego da ošine male i mršave konje koji su sporo odmicali, braneći se dugačkim repovima od muva. I Gavre Đaković strpljivo silažaše s kola kad su konji išli uza stranu, primao pozdrave od seljaka, sklanjao se kolima koja su jurila niz brdo, uzvitlavajući gustu prašinu; nemarno ponovo sjedao, prolazeći varošice, pune dućana, dječurlije i pandura. Zaustavljao se po osamljenim brdskim krčmama pred kojima zakrčivala cestu visoko natovarena kola sa robom, sanducima i buradima; sijeno i trava prostrta ispred konja koji odmahuju glavama sa nataknutim zobnicama, dok im se kokoši, pilići i vrapci vrzu ispod nogu; u krčmi grajali kirijaši, pijući rakiju. On je čekao dok se nazobe konji, pio rđavo pivo i bio uzubijan pričanjem krčmara i krčmarica.

I opet kaskali konji tvrdom, zbijenom, kamenitom cestom, prolazili rasuta sela, dohvatali se brda; drum lagano obavijao goru i očajno dugačke bile drage; penjali se uz vlažne i prijatne šume, sa drvećem koje pokazuje svoje debele, snažne, čvornovite žile, isprepletane, grčevito obavijene oko kamenja pored kojega se zabadaju u zemlju. On je udisao svježi vazduh polumračnih šuma, gubio se pogledom u krošnjama koje su ulazile jedna u drugu i približavale debela, ostarjela, hrapava stabla. I kao da još vidi kad je, između starog, krupnog drveća uz koje novo i vižljavo stablje djetinjski trepeći mladim lišćem, ugleda oispod sebe, dolje u kotlini, između bijelog stijenja u koje udara sunce — živu, svježu, zelenu prugu Une. On zna, kako mu je pogled vratolomno sletio nizbrdo, izudaran o drveće koje smeta, upijao se željno u vodu koja je veselo odsijevala, gubila se i pomaljala, a on je neprestano čekao i tražio pogledom, kao da ima nešto da joj kaže.

Kasnije ga uhvati san. Kad stadoše konji pred kućom, trgao se i našao noć oko sebe, sa mjesecom koji se pomalja; još mu tabao u glavi kas konja i zveckala sjeckajući zveka bronza; još neprestano kao da odskaču točkovi od kamenja, uz truckanje kola i pucketanje biča. Spustio se s kola, osjećajući sloj prašine koji se bio nahvatao i nalijepio po njemu.

I u jednom trenutku zastrijepio je od nečega. Dugo mu je trebalo od Zagreba do kuće, dugo, ali on bi volio da put još traje, da se još vozi negdje daleko u noći, da zamišlja, i nehotice, svoju kuću osvijetljenu, punu nestrpljivosti i iščekivanja, iz koje vječito izviruje mati koju varaju uši, koja od svakog šuma čuje zvrjanje kola i topot konja — kuću koje se ne tiče spoljašnji svijet, gdje sve samo njega čeka, gdje se mjesec dana misli i govori o njegovom dolasku, sprema za njega, postoji za njega.

Sinoć on stajaše tu, neodlučan, preplašen, ne vjerujući svojim očima da je to njegova kuća; granje je tako prazno šumilo, tako je bio tup šum rijeke, a iz kuće je bilo nešto ledeno, samrtničko; ona stajaše tu usamljena, nepomična, ukočena; iznad nje se izdizao jablan, visok i crn, i bacao preko kuće svoju tešku, prelomljenu sjenku. I kad su mu donijeli ključ i kad je sa škripom jeknula stara, zarđala i dugo nedirana brava, on je osjetio zimu gdje mu se prelijeva po cijelom tijelu. Prešao je uskim hodnikom, držeći u ruci mali, pozelenjeli, bakreni svijećnjak sa nakrivljenom svijećom koja je kapala, i otvorio naglo vrata od svoje sobe. Gušio ga je rđav vazduh: soba je bila neizvjetrena i odavno neotvarana. On je prišao prozoru, otvorio ga i stajao tako, ne skidajući kaputa, neko vrijeme, sa zatvorenim očima.

I kad je zatvorio prozor i lagano se okrenuo, sio i nalaktio se o sto, dok je komadić svijeće izgarao u velikim i nemirnim plamenovima, on lutaše očima po niskoj sobi u kojoj su sve stvari bile na istom mjestu, kako ih je on ostavio: i krevet od stare orahovine, pokriven grubom šarenicom, tkanom kod kuće; i mala gvozdena peć sa izlizanim strijelcem; rasturene fotografije po zidovima i nejasne u tami; i patriotske slike i jedna nezgrapna ikona sa zarđalim kandilom ispred nje, koje nije bilo odavno pripaljivano. Sa tavanica spao kreč i crnilo se drvo.

Njega je tištala tjeskoba u ovoj polumračnoj i ukočenoj sobi. Osjećao se zadah starine, groblja; sve je podsjećalo da ovdje više nema života, već da je bio, pa umro; i to osjećanje života koji je iščeznuo i gdje ga nije odavno bilo, plaši i užasava. Zidovi su bili tako hladni, tako netopli, tako dugo nezagrijavani ničijim dahom; pokućstvo je bilo nepomično, kao uraslo u ispucani crni, izderani pod, nemicano tako dugo vremena i zaprašeno; tavanice se pružale iznad glave, crne i čudnovate; zavjese na prozorima ostarjele, nerazmicane ničijom rukom. Nakrivljene slike tako su visile da je izgledalo da mogu svaki čas da se srozaju niza zid. Sve puno prašine i mraka, tmurno, ukočeno i zamrzlo. Kako mu je srce udaralo, s koliko bola zario je glavu u jastuk, tražeći malo topline u svojim uspomenama da njima malo razgali, zagrije, oživi ovu turobnu, ledenu, mrtvačku kuću.

I navikao se kasnije, kao što se čovjek na sve navikava. Poslije mu je godio onaj studeni dah koji je provejavao kroz zamrlu kuću. I on u njoj zamiraše polako. Kadgod se probude misli, jure, dignu se kao oblak prašine valjan vjetrom, i opet splašnjavaju, smiruju se, gase se, pod ovim vazduhom koji ne trpi života. Neugodno ga je dirao glas života koji dolazi spolja, uzbuđuje potresa, unosi nemir i budi sjene. On voli te polumračne sobe sa spuštenim zavjesama, gdje samo odjekuju, prazno i poplašeno, njegovi koraci. On se kadgod boji da korača glasnije da ne uznemiri nekoga što spava i koji može svaki čas da se probudi. Njega dira i vrijeđa u mozgu kad zaškripe, pod njegovom težinom, stare daske na podu; kad pomakne sa lupom stolicu; kad obori koju zaprašenu knjigu, on sav zastrepi. On je utekao i sakrio se od života i grčevito se uhvatio za ovu kuću; on se boji da ga on ne nađe sa svojim pomamnim, plamenim vjetrom koji ulazi u duše, diže ih, kreće ih, buni ih, sa nadama, željama, ambicijama i svim onim nemirom koji zatalasava i goni naprijed; on strahuje od vjetra koji prolazi drsko i izvidnički kroz sobe, da mu ne odnese taj zamrli život, da ne donese svježine, kretanja, strujanja, bure, među ove zanijemjele zidove.

Neki dan, jednom nespretnom kretnjom oborio je slučajno jednu malu sliku. On se preko volje i ljutito sagnuo — zar ga i ti ljudi, obješeni na zidove i zatvoreni u okvire, počeše da smetaju? — i zagledao se u nju. Nije ju raspoznao u prvi mah. Prišao je prozoru, zastrtom grubom zavjesom sa plavim prugama. I pogleda ponovo. To je bio njegov brat Milan, slika odraslog, golobradog dječaka, s ukrućenim, punim, djetinjim licem; sa bezazlenim, ozbiljnim očima, u kadetskoj uniformi; to je bio on na koga nije tako dugo mislio, koga nije prepoznao; kako smrt odrađa!

I kroz kuću kao da odjeknu bratov zvonki glas, kao da se razliježe njegov veseli smijeh, kao da zazveketa njegova sablja koju je on pasao sa tako mnogo uživanja, kao da se pomoli njegovo vedro, nasmijano lice sa blagim, dobrim pogledom; vazda izbrijan, dotjeran, namješten, utegnut; sa namazanom, pažljivo razdijeljenom kosom, sa visokom kragnom koja zasijeca u obraz — sušta protivnost bratu koji je bio nemaran, dosta neukusno odjeven; često puta neobrijan i zarastao u bradu koja je još više zamračivala njegovo lice.

To je bila materina želja da njezin mezimac bude oficir; ona je u svojoj prostodušnosti, sjećajući se nekih porodičnih tradicija, poštovala i obožavala uniformu kao znak pravog gospodstva. Milan je zato imao tako mnogo volje, a za ostale stvari nije pokazivao osobitog dara; brat nije imao razloga da se protivi i pustio mu da radi što hoće. Ali Gavre Đaković nije mnogo mario za te utegnute mundire s visokim okovratnicima i sjajnim pucima, ni za sablje koje zveckaju i odskaču od zemlje. Milan je to osjećao, ne buneći se nikad protiv oštrih, bratovljevih riječi koje su padale češće, i poštovao i volio u njemu brata koji je stariji i pametniji.

Sjeća se, jednog dana, Milan je bio zaboravio da govori njemu, i pričao je veselo, s mnogo vjetrenjaste, lakomislene nemarnosti, o svemu, o lumpovanju, balovima i ženama; iznio pred njegove oči jedan život koji je za Gavru Đakovića bio sasvim tuđ i besmislen: sa svojim sjajnim salama, punim dekoltovanih dama, kafešantanima sa svojim bijesnim satiranjem života i novca; ženskim budoarima, punim parfema i strasti. I Milan se zaboravljao, pričao veselo, udarao punom rukom po stolu koji se drmao, i po sablji koja se zveketljivo tresla. A on ga je samo gledao, zavaljen u naslonjaču, gledao u njegovo lice puno veselja i obijesne radosti za avanturama i uživanjima i sve mu se to činilo tako prazno i pusto. Milanove oči sjale su i lutale po tavanicama i kad se najednom njihove oči sretoše, njemu se jezik zaplete, pričanje posta smeteno i zbunjeno i naglo se završi, gotovo prekide. On ućuta i gledaše preda se. Vidjelo se da mu je bilo neugodno što je to sve pričao bratu.

— Igranke, trke, kafešantani, žene — reče Gavre Đaković, zaustavljajući se iza svake riječi, kao da izaziva njihovu sliku. — I zar samo to sačinjava tvoj život? — upita.

Milan ga prekide, bojeći se da on ne nastavi svoja pitanja.

— Nemoj — reče i pruži ruku, kao da moli ili kao da se brani. — Nemoj da me koriš. Ja znam što ti hoćeš da kažeš. Oprosti što sam ti govorio o stvarima koje ne voliš. Zaboravio sam. Oprosti.

I pogleda ga blagim pogledom koji moli.

Gavre Đaković ćutaše. On htjede još nešto da mu kaže, tražeći samo u sebi blaže riječi.

— Vidiš — govoraše Milan — ja te razumijem. Ali ja nisam rođen za drugi život. Ja bih bio nesretan kad bih radio drukčije. A našto onda tražiti nesreću? Ja volim trku za uživanjima, mene opija brzina kojom jurim. Ja se držim samo površine. Jer sumnjam da je život u svojoj dubini tako sladak. Pa našto onda tražiti gorčine? Ja tražim zadovoljstva.

I on se prisili na jedan osmijak i udari ga rukom po ramenu.

— Ko zna — reče — možda imaš pravo.

Ali Milan sjeđaše s praznim očima i licem bez izraza. I čitav dan ostao je tako zamišljen i neraspoložen.

Gavri Đakoviću je bilo krivo što ga je ozlovoljio. I uveče on se prisiljavaše da bude veseo i razgovoran, preko svoga običaja. Naposljetku se Milan odobrovolji, nađe svoje staro raspoloženje, uveseljavajući mater svojom šalom i razgovorom, i ona ga je gutala svojim dobrim i milim pogledom. I ponovo zvonila soba od njegova glasa, ponovo se razlijegao njegov veseo i zvučan smijeh kroz čitavu kuću, sa toplom i djetinjskom dobrodušnošću.

Tada su se posljednji put vidjeli.

Kad je u Zagrebu jednog zimskog jutra, još sav drjemovan i u krevetu, otvarao jedno pismo iz Ugarske, na kome je vidio bratov rukopis, on nije ni slutio što će u njemu da pročita. Pismo dugo, zgužvano, na ocijepljenom komadu hartije; nemirno pisano, sa nejednakim i krivim redovima i puno grešaka; isprekidano, sa zbunjenim, poplašenim, potiskivanim mislima koje se gurale pod pero; sa puno mrlja od mastila i sa mnogo isprevlačenih i brižljivo zamazanih redova i riječi pod kojima se skrivala suvišnost sramote njegova položaja i svega što je trebalo da ostane skriveno. Zanesen jednom mahnitom ženom, vezan dugovima, uznemirivan vjerovnicima koji su prijetili da će iznijeti cijelu stvar na javnost i pred sud; užasavajući se od sramote i poniženja, boreći se sa pitanjem časti, misleći sa užasom na zatvor i poslije toga na beznadan život u izgledu; iz strahovanja da se sam ne kori bezutješno i ne kaje gorko kroz cio svoj život, i iz želje da sačuva ostatak imanja od koga je on i suviše potrošio svome bratu, on je bio naumio da svrši sa životom. Praštao se sa bratom, molio ga da utješi jadnu mater, neka mu oproste, zaborave na ovo očajno djelo, jer, završavalo se ozbiljno i tužno njegovo pismo, bolje je i glupo umrijeti nego glupo živjeti.

Gavre Đaković ni sam nije znao kako se obukao, strčao bez doručka niz stepenice, jurio stanici, šetao nemiran i uzrujan, pogledajući na sat koji je milio i, najzad, popeo se u voz koji je tako sporo odmicao.

I kad je sio u saonice, kako je rezala zima, kako je šibao vjetar, suh i hladan, po prostoru koji se smrzao. Nebo je bilo zaleđeno i sivo. Svuda naokolo nepregledan dubok snijeg iz koga se izdiže, pored druma, ogolićeno drveće, prozirne šume i planine u snijegu i oblacima. A vjetar snaša namete i zasipa snježnom prašinom u lice. Kola i putnici rijetki; tek što, pokadgod, jato gavranova zacrni snijeg, jedini život što se javlja. Njihove saonice polako uzlaze uz brdo i munjevito sliježu niza stranu. Okupani u znoju, konji upadaju duboko u snijeg i mučno se izvlače iz njega. On gledaše pred sobom kočijaša, svega zamotanog u biljce, sa rupcem preko ušiju, sa bijelim vunenim rukavicama kao čarape, kako preko volje drži uzde po kojima se hvata snijeg i ne diže bič na konje. Gavre Đaković se sav uvukao u šubu, samo mu, pokatkad, proviri nos i oko da vidi gdje je. I tako čitav dan. Gore mu je bilo kad počivaju, kad se zgrije i iziđe opet na zimu i nastave vožnju preko mraznih i pustih polja, preko zamračenih brda u kojima izvire bura. Smrznuto i ledeno zvekću i odskaču bronze na konjima i gube se u ovoj bijeloj, beživotnoj tišini. A dan tamni i gubi se, mećava obuzima mah, bura se razbija o klance i huči u njima. Oni zastaju, gube put, usred kakvog talasastog brdskog poljica, skučenog i stegnutog izbliza planinama. Staju, silaze s kola, kočijaš tare sijenom zadahtale konje, dok bura hoće da strga s ramena i da odnese šubu; oni traže put, podupiru zajedno svojim plećima saonice i izvlače ih na cestu, skrivenu nametima. Zajednički natežu bocu ruma; konji se jedva vuku kroz mrak zasipan snijegom; od časa do časa lijeno se zatresu bronze i njihova zveka smrzava se u pustoj tišini.

Oni moradoše noćiti u prvoj usamljenoj kući na koju se namjeriše, gdje ih primi jedan mršav, raspas seljak. Posijedaše oko ognjišta, čekajući da se razgori vatra, uz lojanu svijeću, zadjevenu u čašu sa kukuruzom, dok se iz nekog mračnog kuta ne pojavi jedna trudna žena, obučena na brzu ruku, koja im svari kavu. Pili su polako rum koji je Gavre Đaković imao uza se, i rakiju koja se našla u kući, dok je jedan bos starac, pored vatre od sirovih drva koja se dimila i dim grizao za oči, pričao nešto boležljivim glasom: očevidno se tužio na vremena, što niko nije slušao. I zadrijemali su, sjedeći oko vatre; u drugom ćošku se micale dvije-trije ovce, i cijelu noć ječalo jedno bolesno dijete. Gavre Đaković bijaše nemiran i prezaše često, dok ostali sjeđahu i klimahu oborenim glavama; njega je prestravila ova nesvjesna, mirna, tiha bijeda koja se osjećala u ovoj kući, bijeda pred kojom su svi sagibali vratove, poslušno i pokorno, bez pomisli da imaju pravo da se bune.

A ujutro kad je kretao, pri praštanju sa seljakom pred vratima, on mu gurnu u šaku nešto novca, dok se seljak snebivao da ga primi. I kad već pođoše saonice, on još vidje njega gdje stoji pred kućom, držeći novac u pruženoj ruci, boreći se i birajući između sirotinje i ponosa. Sirotinja je bila jača.

Mati ga nije čula, kad, pred podne, stadoše njegova kola pred kućom. Samo što se pomoli jedna uplakana baba, neka njegova rođaka, povezana crnim rupcem, i pozdravi ga. On siđe s kola, vukući predugačku šubu po snijegu i uđe u hodnik, s otvorenim vratima sa oba kraja, kroz koji sviraše vjetar sa ceste u avliju. I uđe u sobu, bez kucanja. Soba je bila nezagrijana, hladna, nespremljena. Na stolu nedodirnuto jelo i piće — jelo izvađeno i ostavljeno — možda još od sinoć. U ćošku, pored hladne peći, na maloj tronogoj stoličici, sjedila njegova mati, zaogrnuta i sva u crnini. Kad je ušao, ona se nije ni makla, nije otvorila usta, već digla samo oči i pogledala ga jednim čudnim pogledom. Samo se čuo njezin bolan, brz dah u kom se osjećao jauk. Koliko je bilo nesreće i studeni — one studeni koja ne dolazi spolja, već iz duše, i koja je još strašnija i ledenija — u toj hladnoj neuređenoj sobi, u toj ženi, zgurenoj u kutu, koja ćuti, koja se ne miče, s pogledom koji više ništa ne shvaća; za koju je s njezinim sinom umro čitav život izvan nje, koja je prigrlila vrelu i krvavu uspomenu u svoje grudi, stvorila u sebi sliku svoga sina, oživila ga sa hiljadu uspomena, zaboravljenih riječi, milošta; zavila ga svojom ljubavlju, osjećajući jednom strašnom boli njegovu ranu, preživljujući stotinu puta njegovu smrt, umirući zajedno s njim teškom i mučnom smrću, očajavajući što nije jača od nje i što se to desilo tako daleko, tako daleko. Strahota preneraženja bila je ispisana na njezinom požutjelom i potamnjelom licu u koje se bore dublje i gušće urezale; oči izgorile od vatre i izgubile sjaj; ko zna koliko vremena sjedi ona tako nepomična i nijema, ne osjećajući svoj život, već samo nesreću u sebi, zaprepašćena i satrta jedna mati.

On je primakao jednu stolicu i sio pored nje, ćuteći. I tuga materina prelazila je i na njega. On se zastidio sebe kad se ljutio na zimu; na samoživost jednog sitnog čovjeka koji ne voli da se uznemiruje u nevrijeme; da ostavlja toplu sobu, kavanu, svoje društvo s kojim prijatno, uz bermet, provodi zimske večeri kod Matkovića, u jednom ugodnom, malom „pajzlu" u Gajevoj ulici. Zastidio se kad je vidio tu ženu koja je prepatila svu grozotu smrti sinovljeve; Milan je umro jednom, mučio se samo jednom, a ona će da se neprestano muči, to umiranje nju će vječno da boli, njezina rana vječno da krvavi, strašnije nego njemu.

— Ubio! — tupo i iz dubine, s nevjerovatnom teškoćom u izgovaranju, kaza ona. On osjeti svu strahotu te, tako kazane riječi; on je u njoj čuo i kratak, ubilački pucanj sa zrnom koje probija čelo; čuo pad, vidio krv, trzanje, mučenje i kratku agoniju u lokvi krvi koja otječe finim, skerletnim mlazovima.

On klimnu lagano glavom i okrenu se u stranu i tiho zaplaka, što nije radio do tada, osjetivši, u tome trenutku, što je smrt.

I ta zaleđena materina bol kasnije sa krávila, došle su suze koje ne presušuju; svaka stvar sjećala je mater na sina; njegove knjige, školske uspomene, slike, pisma, po svima njezinim džepovima, svaka ta stvar bila je za nju jedan jecaj. Ona prelažaše kućom kao sjenka, slomljena i klonula, s nogama koje klecaju, s mišlju koja zastaje, s riječi koja se guši. A sve prelijevale i pretapale suze, jecaji puni gorčine, jauci puni krvi. Čitava kuća bila je puna njezinih suza; jecaj se osjećao i titrao u vazduhu, upio se u zidove, dolazio s vjetrom; ta užasna nesreća jedne matere zavijala je u crno sve oko sebe svojim jadom i kukanjem.

Poslije petnaest dana, pošto je uredio stvari, neraspoložen i nervozan, ne mogući izdržati lelekanje i pisku zakrvavljene matere, Gavre Đaković se spremi za Zagreb. Ona ga nije zadržavala i oprostila se od njega jednim hladnim poljupcem.

Dogodine je nije više našao.

III

Neobično ga je nešto dirnulo u duši i čitavo tijelo streslo mu se nekom strepnjom kad je opazio da se stari jablan više kuće osušio. On ga pamti i voli još iz djetinjstva, radi njegovih vitkih, zelenkastih šibljika, njegovog bljedunjavog, uskog lišća, njegovog zviskog šuma pod vjetrom, radi gnijezda koja sjede među njegovim rašljama, radi onog bujnog i glasnog života među njegovim granama. A sada ga je gledao kako je suv i pust, ostario, pocrnio i oronuo, kako se nemoćno ispinje svojim surim stablom; vjetar čudnovato šumi u njegovim granama koje klepću tupim i suvim zvukom pod vjetrom i otkidaju se i padaju, lomeći se o tvrdu zemlju. I u tome udaranju umrlih grana, on je naslućivao jedan samrtnički ropac.

„Dakle i on!" rekao je i zamislio se. I još je više

zavolio to mrtvo drvo, kao da je bilo između njih nešto srodničko i blisko što ih veže.

U besane i prazne noći, sa zatvorenim očima, tjerajući od sebe misli, sa glavom duboko upalom u mekani jastuk, on je tražio mira i sna, slušao puckanje rasušenog starog pokućstva i glockanje koga miša. U avliji pokoji put zalaje pas i, od vremena na vrijeme, zakukuriječu pijevci. Starinski sat šeta i izbija.

I onda mu se oči same otvaraju i bulje nekuda u mrak, srce nemirno udara i odskače, a misao zbunjeno traži neki predmet. Stotina stvari prolijeće ispred njegovih očiju, stotina misli prostruji njegovim mozgom, misli polusane, umorne, sakate, čudovišta koja se slijevaju jedna u drugo, jedna grozna mješavina svetinje i gnusobe, puna poniženja i odvratnosti.

A kad se pojavi u dnu sobe staračko lice puno bora, kad se zasrebreni njezina sijeda kosa, kad ugleda dva oka, puna suza, uprta na njega, u kojima ima i tuge što ne može da pomogne, i sažaljenja i bola i prijekora, on se trza i stresa kao šibljika, ustaje i, u papučama, oblačeći kaput, diže zavjesu i otvara prozor.

Mala, blijeda svjetlost rasipa se po sobi; mlaz svježine i hladnoće udara spolja; tanka magla prekriva polje i rijeku; naziru se sura brda, razrijeđene seoske kućice; bljeskutaju zvijezde. Rijeka uspavljivo i zadovoljno šumi.

S razgolićenim vratom, podbočen laktom o prozor, on udiše svjež vazduh, dok vjetrić dolazi od rijeke, udara po licu i, na mahove, povija grane i šušti lišćem.

Tako on stoji nepomično, prazan od misli, dok tanka jutarnja svjetlost ne počne da blijedi noć; kad zatitra magla, kad stanu da se jasnije razabiru kuće, kad započimlju da se čuju glasovi života koji se budi, kad, pored njegovih prozora, sa lijenom škripom prođu volovska kola na kojima seljak napola spava — onda se on trza, zatvara prozor i pada, iznemogao i izlomljen, na krevet, i spava teškim, mrtvačkim snom.

Dani su mu bili isto tako pusti i bezbojni. Diže se oko devet sati, rashladi lice vodom i silazi u baštu, gdje leškari u hladu, dok se sunce lomi kroz granje šljiva i jabuka. Ili silazi Uni koja teče podno njegove bašte, spuštajući se strmom obalom, obraslom grmljem i trnjem, sijeda pod ljeskov grm i gleda u vodu od koje bije hladovina i koja protječe mirno i tiho, bistra i nevina kao plavetnilo djetinjih očiju, igra se oko kamenja, lagano i bez strasti, i pravi fine, blage bore, zaboravljajući i na kasnu jesen i na rano proljeće kad se, kao nesita i bestidna bludnica, drsko i bijesno širi, rastući i potapajući, dok se u nju slijevaju bujice jesenskih kiša ili proljetnih voda; kad juri prljava, široka i žuta, prelijeva i pretapa oranice, livade i polja iz kojih viri pocrnjela kukuruzovina; okrećući mlinove, nosi lišće, klade, ogranke, crkotine; odronjuje, otkida i otima zemlju jednima, donoseći je drugima: za jedne dobra a za druge zla; ili od zemlje, skinute i zderane s ogoljelih polja, pravi otočiće, dijeli se oko njih u rukave i optječe ih, počimajući da ih podire, ruši, raznosi i proždire.

Sjedi on kadgod čitave sate i gleda u nju. Tako je dobro poznaje, zna svaki vir u njoj, zna prugu kojom se valja matica. Ili ide duž obale, derući cipele o oštro kamenje, zapinjući i cijepajući odijelo o drsko, crno trnje, krvaveći ruke kad se prihvataše za njega da ne stane u vodu i da preskoči na suvo; gleda Unu razlivenu na umornim i lijenim pličinama, punima ševara i vodenih trava, gdje se skrivaju divlje patke, čaplje i pliske; prolazi pored dubina koje pokriva podmuklo i zatvoreno zelenilo; zastaje kod brodova kud se prelazi na bosansku stranu: kroz vodu providi se šljunak, a nad vodu izbija staro, izglačano kamenje, a pored njega drugo pod vodom, zaraslo toplom i mekom mahovinom. I on je jednom osjetio neku ludu želju i volju da je pregazi, kao nekad u djetinjstvu, došao do sredine Une, skliznuo s glatkog kamena i zapao duboko u vodu. Vratio se tada kući sav mokar i ljut.

On voli njezin zapjenušeni bijes kad udara ljutito na prepreke i ustave oko mlinova; kad najuri na slapove, pršti, pjeni se, skače, teče lagano opijena, spušta se ponovo, udara o stijenje, zašumi, nalijeće i baca se dolje naglavce, zajedno s njegovom misli koja ju prati i koju voda u sebi zanosi i utapa. I onda, on je gleda gdje šeta kao mirna, ponosna gospoda kroz tamnozelena polja, puna kukuruza, obavija se oko brežuljaka, zasijanih zlatunjavim ječmom, niskom i rijetkom pšenicom i zelenom bujnom zobi, vijuga preko polja, s obalama zaraslim u vrbe koje natapaju svoje sjene i povijene, pognute grane u vodi, šumi kroz sjenovite šume i buči razbijajući se o gole, oštre, tvrde krševe i teče brzo, srdito i nemoćno, zbijena i stiješnjena, dok stijenje para i reže svojim oštrim rtovima njezinu glatku staklenu put.

Zapljusne ga kadgod mlaz seljačkog života iz tih malih, nejednakih kuća, obilježenih mukom i potrebom, iz kojih diše bijeda i sirotinja; zatalasa se ponekad u njima nešto mučno što davi; radnici u tuđini javljaju da nema posla: rad stao, glad pritisla; zapomažu da im se od kuće štogod pošlje, dok gladna kuća iščekuje pomoći od njih; zamre i ono tužnog veselja nad životom, ma kakav bio; zaćute nerodne oranice, zaustave se i prestanu da se okreću vitlovi, dok Una prolazi mirno i spokojno.

Ili u proljeće, kad se razliježu kavge nad stopom preorane zemlje: on razumije onu ludu, očajnu ljubav prema zemlji, nad kojom seljak, ogrezao u teškom znoju, satire svoj život i svoju snagu; boči se i nosi s njom — u borbi koja zamara, razdire ruke, otkida nokte i nabija žuljeve na dlanove — da izvadi, otme, istrgne iz nje komad suvog, mršavog kruha za se i za djecu; u tu zemlju on sahranjuje svoje misli, nade, brige i strepnje, i on je ne da, jer je voli sebičnom, grubom ljubavlju, što je njegova. Obnevide oči i uzavri krv, zamahne proštac i odjekne negdje u polju kubura kremenjača. I udaraju cestom po vojnički čizme žandarma, tresu im se perjanice, bljeskaju bajoneti. A pred njima, u krvi koja se sa glave scijedila na košulju, s rukama u tvrdim lisičinama, poslušno, oborene glave, korača seljak.

Čudnovato, on je imao još iz djetinjstva jednu tužnu uspomenu, koja ga je, i kasnije kad je mogao da razumije njihove jade i da opravda djela iz očajanja, i nehotice odbijala od tih ljudi; njih je razdvajao jedan grob, koji se, kao i svaki, dugo pamti i spominje, a još teže zaboravlja i prašta. Bilo je, možda, u toj uspomeni i prigušene i pritajene mržnje i nezaboravljenih suza i strahote jednog otvorenog groba koji je zjapio između dviju visokih hrpa svježe i masne ilovače po kojoj se poznavali sjajni otisci lopata, koji su odsijevali na suncu.

To je bio prvi strašan dan u njegovom djetinjstvu.

Mati je bila slaba i iznemogla i jedva koračala, gušeći se u suzama, tresući se i posrćući; njih troje djece savilo se oko nje, sa prljavim licima od plača. Sprovod se lijeno vukao kroz selo, zastajući da se odmore ljudi koji nose lijes; povijala se pohabana crkvena litija na vjetru i zanosila nosača; sitno i žalobno zvonila dva zvonca u dječjim rukama; isprekidano i lomno miješala se zvona sa starog manastira; krupan plećat kaluđer, u staroj crnoj odeždi koja mu je bila prekratka, sa raširenim krstom na leđima, držeći u koščatoj ruci nisko oborenu starinsku knjigu čiji povez bijahu izgrizli moljci da se, ispod kože, na mjestima providjelo drvo, gutao i davio se u riječima, preskačući ih i skraćivajući, i sipao ih u dugu, neurednu sijedu bradu, koračao nezgrapnim velikim koracima, požurivajući sprovod da što prije svrši taj obični i mehanični posao. A za njima izmiješana povorka ljudi, žena i djece, koja vodi razgovor, koja je došla više iz običaja ili radoznalosti nego da žali, nimalo tužna, osim nekoliko baba koje misleći na svoju smrt oplakuju tuđu; kadgod se oteo pokoji smijeh i brzo se utišao; a sve, i zvonjavinu zvona i graju sprovoda i pojanje oca Gerasima sa svađalačkim glasom, nadmašivalo ženino kukanje i zapijevka; u taj vedar dan, pun svjetlosti, mladog lišća i novih trava sa sočnim i svježim zelenilom, u taj bujan život koji svojom krepkošću i punoćom preziraše i ismijavaše smrt, sprovod ne unašaše nimalo žalosti do jednog neprijatnog i izlišnog nesklada.

To je bio pogreb njegovog oca.

I sad, kad doziva sebi u pamet sliku svoga oca, ona izlazi pred njega vazda živa i svježa; on gleda pred sobom toga krupnog i čvrstog čovjeka sa mrkom, nejednakom, grivastom bradom, u koju su već godine ubacivale sjedinu, s povijenim brcima koji se miješali, isprepletavali, i bili kao srasli sa bradom, sa prorijeđenom, čekinjavom kosom koja strši, sa ljutitim pogledom i sa borom koja ne izbiva imeđu očiju, uvijek u čizmama i u zelenkastom odijelu, sa žirovima na okovratniku, kao što se nose svi šumari.

Gavre Đaković ne sjećaše se da ga je iko volio, osim žene i djece mu, ali svi su strepili pred njim i bojali ga se. On je dobro znao da ga mrze i da ga se boje; njemu je ta mržnja godila i on se s njom ponosio, govoreći o njoj sa rijetkim zadovoljstvom, pri čemu se na njegovom licu javljao jedan čudno-vat, zao osmijak.

Samo pred starijima od njega razvlačilo se njegovo natmureno lice, puno ponizne i pretjer-ane ljubaznosti; njegovi gvozdeni i čvrsti pokreti omekšavali su njegov jak, kosmat vrat, inače vazda uspravljen, pogibao se; uza sve to što je bio tvrdica, on nije žalio da, svakom prilikom, počasti i pogosti što bolje može stariju gospodu od sebe i da ih napije najboljim vinom i podvori najslađom pršutom, da pokolje desetero pilića, jagnje, prase, da ih gosti po nekoliko dana i da ih ne pušta da odu trijezni; a kad bi oni otišli, ponovo se zamračivalo njegovo lice, on je još čvršće stezao svoju kesu, ostajao sam, stekavši povjerenje i naklonost, postajao još tvrđi, ljući, neumoljiviji, ne žaleći da tovari globe na seljake, da ih optužuje i puni njima zatvore i ostavlja za njima nepoorana polja, nepokošene livade, nesadjevena sijena i nezasićene kuće. Uživajući glas da je jedan od najstrožijih i najsavjesnijih činovnika, njemu je bilo lako da radi na svoju ruku i da stječe prilično imanje; gomile tužaba bile su pisane i dizane protiv njega, ali im se nije vjerovalo niti htjelo da vjeruje, dok se on stostruko svetio onima na koje je sumnjao. I kasnije niko niti imađaše volje niti se usuđivaše da ga tuži. On je ostao uvijek isti, silan i jak, da pokazuje svoju snagu i da lomi svoj bijes na seljačkim plećima.

Prva žena mu je umrla nekoliko godina iza

vjenčanja (kažu da je premlatio i prebio život u njoj), ostavivši mu jednu kćer koja se kasnije, iza očeve smrti, udala za nekakvog kancelistu negdje u Bosni; s njom se Gavre Đaković nije viđao, bila je između njih neka raspra oko nasljedstva.

Na veliko čudo sviju, Manojlo se ponovo oženio, dvije-tri godine kasnije; čitavi svijet sažali mladu djevojku koja pođe za njega, proričući joj zao život i mučnu smrt; međutim čini se da se Manojlo bio promijenio, bar prema ženi, otkako mu je prva umrla, i njegova srdžba i bijes i udarci ne padahu više u kući, gdje je sve gledalo da samo njemu po volji uradi i ugodi.

Seljaci se nadahu da će bar godine slomiti i učiniti da jenja sila Manojlova kad mu već ništa drugo nije moglo odoljeti. Ali Manojlo Đaković nije stario, tako se činilo. On je postao još grđi, znajući svoj posao i službu u sitnice, bivao svakim danom lukaviji i prepredeniji, dovijao se svemu: nijedan panj nije bivao odnesen, a da on nije doznao ko ga je posjekao. Palili su mu šume da mu naškode: on je našao krivce i poslao ih na dugu robiju i dobio za to odlikovanje. Palili su mu više puta sijena, ne znajući da su dobro osigurana, i on je taj palež radosno dočekao i naplatio sa dobitkom. Njegova sila ne malaksavaše, izgledajući još dugovječna.

Pa i ona se slomi jednog dana.

Jednog jesenskog jutra, pred svitanje, dok napolju neprestano pljuštaše gusta i bujna kiša, trgao je djecu iza sna neki čudnovat nemir u kući. Oni su skočili bosi i neobučeni iz kreveta. U drugoj sobi, pri svjetlosti male lampe, stajala su dva seljaka, mokri i pokisli, sa izvraćenim dugim kožunima; sa dugih, prljavih jarećih dlaka kožuna i iz blatnih, kaljavih opanaka, koji su ostavljali za sobom široke tragove, cijedila se i curila voda, praveći žućkaste lokvice po podu. Bijahu čuli iz svoga zaseoka neku pucnjavu iznad kuća i vikanje za pomoć, zametnuli se puškama i poveli pse. Iza dugog traženja, nađoše Manojla u jednoj uvalici, svega u krvi i bez svijesti. I seljaci polako pijuckahu rakiju iz ovelikih čaša, ne govoreći ništa, sliježući ramenima od vremena na vrijeme. Mišljahu da usijeku koje drvo još toga jutra; neće valjda Manojlo biti toliki dušmanin da ih optuži ako ozdravi. I kad se ponapiše rakije, odoše kućama prije svitanja.

Manojlo ležaše na krevetu, sa zatvorenim očima i ječeći; na razdrljenim rutavim grudima i na obnaženoj desnoj nozi do iznad koljena, vidjele se rane s kojih otjecaše krv koju mu žena zaustavljaše, ispirajući rane rakijom. Jedno momče iz komšiluka odjašilo je bilo po doktora u drugo selo. Doktor dođe tek oko podne.

Stari odleža u postelji neka četiri mjeseca i pridiže se, omršavio, posijedio, mrkiji i nesnosniji nego što je bio, zamišljen i ćutljiv, odgovarajući ljutito i kratko. Gavre ga je dobro zapamtio u tim danima gdje se, kao sjenka nekog crnog oblaka, vuče kroz kuću, podupirajući se na debeo drenov štap i zastajući da se odmori, s glavom pognutom i očima uprtim u zemlju; tek kadgod samo naglo podigne glavu i prostrijeli očima sve oko sebe. U kući se hodilo na prstima i govorilo šapatom; tek on prolamaše pokatkad tu tišinu svojim ječanjem, kad bi ga pekle, u kišovite dane, njegove rane koje teško zacjeljivahu.

On je mrzio da ga netko uznemiruje, on je volio da ostane sam u sobi, hučući kako će mu „ajduci" potamaniti i isjeći šumu za svih trideset i nekoliko godina kako je on čuva i kako se u nju rijetko sjekira zabada; uši ga vječno varahu da čuje udaranje sjekira u daljini, a nos mu osjećaše miris paljevine i rastopljene jelove smole. I kad bi se ostavio svojih zebnja i briga o šumi, čitavo vrijeme bijaše obuzet parnicom koju je bio digao protiv nekih seljaka na koje je sumnjao da su ga ranili iz pušaka. O tome je on sa sobom glasno razgovarao. On se ljutio na zakone što su blagi, što su prošla vremena kad se moglo na muke udarati, ili kad je sam čovjek smio da sudi. I on se zaklinjaše svojim krsnim imenom na strašnu osvetu čitavom selu, jedva čekajući da ozdravi; on prijećaše da ih istraži: polovinu da pošlje u prosjake, a polovinu na kondunu. Pa, jednog dana, kad dobi vijest da su optuženi seljaci, radi nedovoljnih dokaza, bili oslobođeni, on se smrači, uvuče u se, pognu se još više, grizući i ujedajući u duši, od bijesa, sam sebe. I doskora pade opet u postelju. Umrije, iza bolovanja od osamnaest mjeseci, jednoga jutra u maju.

Gavre Đaković pamtio je kako je njih djecu probudila mati u zoru, plačući i ljubeći ih, kako se kuća napunila svijetom, kako je kasnije izišao, sav uplakan i gologlav u baštu. Uvijek ga, i poslije, poduzima isto osjećanje jeze, uvijek ga potresa ista groza kad vidi sunčano proljećnje jutro poslije kiše: po travi i po lišću bliješte kapljice i lako se, s jednim ugodnim i toplim šumom, stresaju; drveće u cvijetu podsjeća na nevjeste u bjelini; kiša rasula cvjetne latice po travi; odasvuda osjeća se oštar, ugodan miris cvijeta i zemlje napojene kišom što izdiše svježinu; drveće u cvijetu nosi na sebi nešto snažno i bujno kao život u rađanju; po orošenoj mladoj travi žuti se jagorčika i bijele se šumarice ispod živica u novom listu. A Una se valjala mutna, nagrežbana malim talasima; sunce bacalo svjetlost u vodu i usijavalo je.

Davno su potonuli ti dani.

I Gavre Đaković zastade neko vrijeme zamišljen, uzdiže obrve, sleže ramenima i, osjetivši glad, pođe na ručak.

Našao je ručak na stolu, prekrivenom šarenim, kupovnim stolnjakom. Djevojka koja mu je donijela jelo, skloni se malo u stranu, pozdravi ga s osmjehom i iziđe.

On se sjećaše nje kao malog djeteta koje je kasnije zaboravio; začudio se kad ju je, poslije toliko godina, ponovo spazio i našao kao izraslu, vitku djevojku, s crnim očima, razlikujući se od ostalih seljakinja što je bila vazda čisto obučena. Ona mu je donosila jelo i kasnije počela da se brine za neke stvari po kući, starajući se da mu ugodi, ne razumijevajući njegovo mrko lice ni ćutanje. Ona je svršila sav posao, uzalud ga otezala i pregledavala jednu istu stvar deset puta, čekajući da joj on nešto kaže i odlazila polagano, kadgod začuđena, a kadgod ožalošćena.

Ona je donosila u kuću miris i svježinu polja i dah izapiranih obala Une; upadala u kuću kao lagani vjetar koji se valja na sitnim talasima i igra u tromom ljeskovom lišću i u vrbinim krošnjama koje su se nadvile nad vodu. I kad je ona dolazila, zatitrala bi ona čama koja je punila ovu zgradu i gubila se: u kući se osjećala jedna mladost koja živi i jedro srce koje bije.

— Da se što ne ljutite na mene? — zapitala je ona plašljivo jednog dana, prije nego što će da pođe, pošto je dvaput duže ostala nego što je imala posla; na svaki način, to je već toliko puta mislila da zapita i, ne usuđavajući se, ostavljala za sutra. Jednom rukom držala je za bravu i gledala ga svojim velikim očima.

Gavre Đaković podiže oči i začudi se.

— Ne — reče on — nemam zašto da se ljutim.

— Ja sam mislila — govoraše ona, gledajući u

protivni zid — jer ne divanite nikad sa mnom. Da vam nije mrsko što dolazim? — reče i okrenu oči prema njemu.

On se malo osmjehnu i razumio je.

— Ne, nije mi mrsko — reče i pogleda je blago. — Ja volim da ti dolaziš.

Ona se nasmija radosno, stajaše još neko vrijeme i ode sva zadovoljna.

I od tog dana, ona udvostruči svoju pažnju i brigu, misleći i starajući se o njemu; donosila mu cvijeća i voća koje je sama uzbirala, sa jednom iskrenom dobrodušnošću.

— Vi nemate nikoga da se o vama stara — rekla je.

— Kako da nemam? — reče on i pogleda je. — A ti?

Ona se veselo nasmija i pobježe.

Jednoga dana pljusnu kiša kad je htjela da polazi. On joj reče neka pričeka. Ona se snebivala i stajala misleći neko vrijeme, pa najposlije sjede na kanape. I on kasnije sjede blizu nje i oboje gledahu na prozor o koji udaraše i lupkaše kiša. Vidio se komad sivkastog neba. Granje je grozničavo drhtalo. Kroz okvir od prozora curio je mali mlaz vode u sobu.

— Da hoće skoro da prestane — kaza ona tiho o pljusku, misleći na nešto deseto.

Gavre Đaković ne odgovori ništa. On osjećaše pored sebe nju, svježu i mladu, koja izgara za čovjekom; on osjećaše oganj gdje mu prži lice i zapaljuje mozak. On je pogleda: ona sjeđaše s rukama u krilu, s oborenim očima, s licem u koje je udarila krv, s oblim grudima koje su poigravale. Ona se davala svojim disanjem i nozdrvama koje se šire, i ćutanjem i očima koje nešto traže, i lomljenjem prstiju i kojim drhtajem i trzajem svoga tijela, i usnama koje su podrhtavale i upijale se jedna u drugu. I u njoj se zbivalo nešto. Ona diže glavu i nađe njegov pogled, sljubivši ga sa svojim, i samo što duboko uzdahnu i strese se.

I kad on metnu grubo ruku na njezino rame, ona odmah klonu i sva mu se predade, bez riječi.

Napolju je pljuštala kiša i tekla potokom.

Rastali su se ćuteći, dok je sunce udaralo u prozore, ulazeći u sobu i blješteći vani u mutnoj vodi koja je polako otjecala. On ju je vidio kroz prozor gdje se žuri, sa zažagrenim očima i sa zajapurenim licem preko koga je prešla rukama nekoliko puta, namještajući kosu i gledajući preda se, još sva uzdrhtala i uzbuđena, puna nekog čudnovatog zadovoljstva. On je sjedio u sobi, zavaljen i opružen, još razigran njezinom ljubavi, punom strasti, mladosti i dobrote.

I u jednom trenutku ogorči se na sebe, osjetivši u sebi strašnu malodušnost. „Zašto sam ja takav podlac?" zapitao se bolno. „Ti nijesi rđav čovjek, a nijesi ni dobar", odgovorilo je nešto u njemu. I zastade, ne htijući da dovrši misao koja mu se nametala, nastojeći da je odgurne, zaboravi, uguši. Ali ona je bila jača od njega. Ona je kazala suho: „Ti si kao drugi". I njegove se usne prezrivo razvukoše. Kao drugi! Koliko bola, poniženja i istine!

IV

Sjećao se predvečerja jednog vrućeg ljetnog dana, punog zagušljive prašine i suhe žege, dok se sunce spuštalo i slabilo: glavnom ulicom komešalo se, mimoilazeći se, mnoštvo večernjeg svijeta koji je bio izišao u svoju obaveznu šetnju; ljudi se glasno pozdravljali, zastajkivali, smijali se i dobacivali dosjetke; žene bacale poglede, osmjehe, zagledale jedne drugima haljine i ogledale se u izlozima; sredinom ulice prolažaše jedna gomila zidarskih radnika punih kreča po odijelu i po izobličenim, rđavim šeširima, vraćajući se sa posla teškim i umornim koracima, i zadirkujući se među se. A kroz to mnoštvo, lijeno i spokojno okretali se točkovi na dvokolnim taljigama, prljavim i slupanim od dasaka, punima smeća i đubreta, iz koga je virila jedna prljava lopata; taljige vukao jedan krupan, star i lijen konj, s oborenim očima kao da drijema i sa amom koji mu poigravaše na vratu; na smeću spavao je slatko mlad radnik, sa crvenim i jedrim licem, u iskrpljenom prljavom odijelu, sa uzdignutim koljenima i sa širom opruženim rukama, sa izrazom zadovoljstva na licu: snivao je, valjda, nešto lijepo.

Gavre Đaković se tada trgao. Svijet koji je prolazio nije gledao tu posprdnu sliku svoga življenja, nije primjećivao taj nijemi podsmjeh života, koji prolažaše polagano i neopaženo. Gavre Đaković vidio ga je i osjetio ga je. I taj prizor ne razdvajaše se više od njega, on ga je progonio svuda: kadgod je zagledao u svoj život, javljala se u njemu zlobno i pakosno ta slika, samo mjesto radnika vidio je sebe.

U njemu je bilo nešto uzdrhtalo i uznemireno poslije sastanaka sa Jekom; on osjećaše da ravnodušno upropašćuje jednu mladost i podlački gazi jedno srce; on se uvjeravaše da treba bar da stane, da prekine prije nego što bude kasno; on se stotinu puta odlučivao, zaklinjao, davao sebi riječ da će to biti prvom prilikom kad mu dođe; on je bio promislio riječi kojima da joj to kaže, on je znao napamet svoje fraze i odgovore. Ali čim je ona ulazila u sobu, vesela i nasmijana, donoseći sa sobom tako mnogo bujnog života i mladosti koja se presipa, on je brzo zaboravljao na što se bio odlučio. I kad je ona odlazila, on se ponovo korio i ostavljao stvar za sutrašnji dan.

Pa poslije ostavi i te misli na stranu, ne misleći kadgod ni na šta i bojeći se da misli; bio se pustio životu neka ga zanosi kud hoće, osjećajući da je slab da se otima, a kukavica da se bori. Samo kadikad zaigra nešto rastrgano u njemu, nešto se bolno potrese; začuje jedan suhi, pjeskoviti smijeh koji dolazi izdaleka i koji zveči razbijeno i čudno. A dani prolaze.

Jednog dana ležao je u hladovini u bašti, pod jednom starom trešnjom sa ispucanim deblom i gledao kroz granje u bjeličasto plavo nebo; od Une udarao lak vjetar i donosio oštar i jak miris vode i burkanje valova; negdje u daljini sijao se jedan srp vode; odnekud iz polja dolazili odlomci jedne snažne pjesme koju su pjevali čvrsti i oštri glasovi žetelaca, pjesme grube i vrele kao i sunce koje ih prži, pod kojim žanju, polegli po poslu i okupani u znoju; u njoj se čuo pun zvuk srpa kad se zabada u gusto, požutjelo klasje i ta pjesma, isprekidana, donosila je sa sobom ritam udaranja srpova i padanje ječma.

I on je pomišljao, zašto se nije ranije trgao i ostavio školu i došao da živi u svojim poljima; da bi možda bolje bilo da se nije odvajao od svoje zemlje, da diše s njom zajedno, da s njom i njega biju kiše koje padaju u nevrijeme, da i njega satire mraz, da i njega boli udaranje ledenih zrna, da i njega prži suša i izgara pripeka, da hlepti kao spržena polja za jednom kišom, da izlijeće pred kuću i da dugo pogleda u nebo, glatko, plavo i bez oblaka, sa kojega se prosipa oganj. I kad tamo, iza brdâ, počima da se rađa oblak, on u svoj pogled meće i ljubav, i molbu, i preklinjanje, pozdravlja ga radosno kao brata ili prijatelja, s uživanjem ga prati kako raste kao i njegovo srce u grudima, kako malo-pomalo prekriva nebo, kako se primiče, prilazi, spušta. I počimaju kaplje koje se rasprskavaju o stvrdnutu, ispečenu i ispucalu zemlju, jače i bujnije udaraju mlazovi, zemlja željno upija vodu, a on sa skinutom kapom pušta neka ga bije kiša po licu i po kosi, neka mu se cijedi niz vrat i niz prsi, on žudno uživa u njoj kao žedna, odavno nenapojena polja i isušeni usjevi. Kako bi on bio srećan kad bi se ovako mokar i pokisao mogao da vrati u kuću. Ne bi ga se ništa drugo ticalo, ne bi možda osjećao ovoliko praznine i pustoši u životu; u kući bi ga čekala žena i poletila u susret djeca. On bi živio u svojoj maloj porodici srećno i zadovoljno, bez turobnih i izlišnih misli i bez praznih i neispunljivih želja.

Ali ovako kad mu je umrla volja za sve, kad ne može da se snađe, kad nema snage da se traži ni smjelosti da se drži, kad ga je ukočila i skamenila memla i čama jedne plitke sredine, on se osjećao tako sam, odvojen od svega, kao u jednoj strašnoj beskrajnoj pustinji bez horizonta. Gurnuli su ga u škole da bude gospodin, odvojili ga od zemlje i naroda, spriječili ga da uhvati korjena u zemlji iz koje je iznikao, gurnuli ga u jedan život u koji kad je zagledao, on se zgrozio, užasnuo, trgnuo. I pošao je natrag kad već više mostova nije bilo: u onaj život nije se usudio da uđe, a ovaj drugi postao mu je nepristupan. I on je zastao, ostao tako stojeći, ne idući ni naprijed ni natrag, s prezrivim osmjehom prema sebi, sa rukama na leđima, osjećajući gorko svu bijedu i glupost svoga položaja.

O, kako se on stresaše pod udarcima pjesme žetelaca, koja se razlamala beskonačno: oni tu pjesmu pjevahu zemlji koja ih drži i hrani, zemlji na kojoj su odrasli njihovi djedovi, vječno radeći i braneći je s puškom u ruci, sahranjujući u nju sve svoje nade i muku i jade i znoje, zemlji iz koje su se rodili generali koji su zaboravljali i svoje kuće i svoj jezik i svoju narodnost, čim su pripasali sablje, i lomili ih po krvavim razbojištima Solferina, Mađente, Kustoce i Kenigreca; zemlji koja je odnjihala gospodu koja su ih batinala i tjerala u hajduke, udarala danke i sudila im, zatvarajući ih i šiljući vojsku da ih puškara. Njemu se činjaše da Una pamti stotine godina tu pjesmu, da ju je u sebe upila, da je ona dobrodušno ponavlja žamorom svojih talasa, da i ona voli svoje obale koje vječno obdjelavaju njezini potišteni unuci, da bi ona možda drukčije tekla, kad ne bi, jedne godine, čula udaranje srpova i pjesmu žetelaca. Ko zna...

Kad je digao oči, vidio je gdje prema njemu ide jedno seljačko dijete kome su tek negdje odskora obukli gaće kad je pošlo u školu, skide s mnogo muke svoju crvenu kapicu i stade pred njega.

— Gavre — viknu — traži te nekakav gospodin — i odmah otrča natrag.

Gavre Đaković baci pogled za djetetom, čisto

ne vjerujući. Ko bi to bio da ga traži! Da nije kakav stari prijatelj koji je ovamo slučajno zalutao i sjetio se njega? Zašto da ga uznemiruje taj svijet?

I on lijeno ustade i pođe, oblačeći usput kaput na kome je ležao i otresajući trunje koje se bilo nahvatalo po njemu. Kad uđe u kuću, nađe u hodniku jednog omanjeg, dežmekastog i postarijeg čovjeka koji mu pođe u susret i predstavi mu se, hvatajući se za šešir: „Bohuslav Panek, inžinjer", izgovoreno tako kao da je on već morao to ime stotinu puta čuti i čvrsto mu stisnu ruku kao da su bili stari poznanici.

— Milo mi je, milo mi je — reče Gavre Đaković, progunđavši svoje ime i pitaše se: „Šta hoće ovaj čovjek od mene?" i gledaše njegova nabrekla crvena lica, zabrekao podvoljak, crvene brkove, sve pod jednim prostim slamnatim šeširom; preko kulje mu jedan debeo zlatan lanac sa zavinutim crvenim koralom, iz džepa na prsima pomaljao se jedan velik i prljav colštok.

On ga uvede u sobu i iznese rakiju.

Inžinjer se ljubazno kucnu, s mnogo prijateljskog osmjeha, najprije primirisa čašicu i miris ga očigledno zadovoljavaše, srknu malo na vrh jezika i pokaza licem da je više nego zadovoljan i kad ispi, on dobaci Gavri Đakoviću jedan ljubazan pogled. I poče da hvali šljivovicu; sa rđavim akcentom zapita, onako nemarno, ima li je još mnogo.

— Nema.

— Nema! — reče on više nego žalosno. — Šteta, šteta! — mrmljaše on. I iskapi novu čašicu.

I on je zasio u toj sobi, kao da je stari gost kuće, slobodno se kretao, smijao, pričao nadugo i široko o svome Pragu, o češkom pivu, grdio Nijemce, razvezao o Janu Husu i o Žiški, o slovenskoj solidarnosti, pričajući iza svake desete izreke kako mu je vrijeme skupocjeno, a sjedeći tako kao da ne misli da se skoro diže.

„Bože moj, šta hoće ovaj čovjek od mene?” pitaše se očajno Gavre Đaković koji se dosađivao. I on posla u sebi do đavola i Jana Husa, i Žišku, i slovensku solidarnost, zajedno sa gospodinom inžinjerom i njegovim Zlatnim Pragom.

Zatim Panek svrnu razgovor na svoje poslove: na jedan put koji pravi u ovoj okolici. I poteže iz donjeg džepa jedan veliki plan, raširi ga po stolu i poče da mu sve potanko objašnjava. Gavre Đaković se zaprepastio i postajaše nervozan.

„Kakav je ovo nesrećnik!" dreknu u njemu jedan glas. „Upropastiće me. Izgubiću i ovo malo pameti." I predade se svojoj sudbini, misleći da izbije malog Ilicu što mu je ovog objesio o vrat. On već pomišljaše da se s njim zavadi i tražaše samo koju riječ.

Jedva jednom, inžinjer mu kaza zašto je došao; čuo je da on ima u svojoj kući dovoljno mjesta, moleći ga da mu ustupi dvije sobe, jer nema gdje da stanuje. Gavre Đaković se malko zamisli i više da ga skine s vrata nego da mu učini uslugu, obeća mu. Može da se useli kad hoće.

I oni se rastadoše. Gavre Đaković gledaše ga kako se ljulja cestom, poštapajući se na jedan debeli, prosti štap, i odlanu mu u duši.

Poslije se pokaja. Biće uznemiren. Možda ima još neko s njim kad je uzeo dvije sobe. Uostalom, ionako su mu novci bili na izmaku; oni će ga se malo ticati. On će opet da živi sam za sebe.

Izvjesno, inžinjer nije bio sam. Gavre Đaković razabiraše još jedan glas, i to, činilo mu se, ženski. Valjda je oženjen, pomislio je; uostalom, šta ga se to tiče? U kući je bilo mirno, osobito prvih dana; on se nije ni s kim viđao, jer ga je to mrzilo.

Ipak, kuća se polako budila, osjećali se životi u njoj, život je jače kroz nju strujao, stvari dobivale novi izgled, stresajući sa sebe mrak i prašinu: osjećalo se da život dolazi polako i nečujno, kao na prstima.

Pa kad je silazio u baštu, sjeća se da se je nehotice okrenuo prema njihovom prozoru i učinilo mu se da je spazio jednu žensku glavu koje je ubrzo nestalo. I pitao se zašto se on okreće? Bio je nemiran cijelo vrijeme.

Kad se vraćao, opazio je da nema nikoga na prozoru. I onda se uvjeravao da mu je to sasvim svejedno, bio ko, ne bio. Ali činilo mu se da je bio neko po strani ko ga je gledao. Kad je ulazio u kuću učinilo mu se da čuje kako su se za njim polagano odškrinula jedna vrata. A zatim se korio što misli o takvim glupostima i bio nezadovoljan sa samim sobom. Njegova radoznalost izgledala mu čudnovata i smiješna, dozivao je u pomoć svoju ravnodušnost, ali uzalud. On onda bacaše krivicu na svoju osamljenost koja potpiruje misli bez smisla. — Na kraju krajeva, ko to može da bude? — uzviknuo je. — Jedna bucmasta i zdepasta Čehinja — i nasmija se.

Palo mu je na pamet da sutradan ode k njima i odmah je to nazvao glupošću. Plašio se planom puta i različitim drugim planovima iz inžinjerova džepa; bojao se kao žive vatre Jana Husa i Žiške, uvjeravao se da onaj zna još stotinu stvari o kojima može da priča po nekoliko sati i da mu probija glavu kako su Česi prvi slovenski narod. I ne smjede da ode.

Međutim, poznanstvo je bilo obično i slučajno.

Srio ih je jednog jutra u hodniku, mašio se za šešir i htio da prođe. Inžinjer ga zaustavi, pozdravi se s njim i diže čitavu galamu svojim govorom, smijehom, glasom koji je odjekivao i lomio se kroz kuću. Pa onda se prisjeti i upozna ga sa svojom kćeri koja je stajala malo po strani i gledala kroz otvorena vrata, bacajući kadgod na njih dvojicu pokoji pogled. Oni se osmjehnuše i rukovaše.

Inžinjer ga pozva da pođe s njima, pokušavajući da ga oduševi za svoj posao. On htjede da malo razmisli i ne odgovori odmah.

Ona ga pogleda. Njemu se učini da je pročitao u njezinom oku: „Hajdete!" I on, ne znajući ni sam zašto, pođe.

Bilo je jutro; sunce još nije bilo ojačalo i padalo

je na krošnje šljiva čiji se plod plavio u granju; grane koje su se naginjale prema putu, bile su obrane od prolaznika; prođoše redom krošnjatih trešanja, s napola uvelim lišćem i sa izlomljenim ograncima ispod njih, što je podsjećalo na dječurliju koja ih je bila pustošila čim su bile počele da rude. Ispred kuća trčkaraju neumivena djeca. Iz kuća izviri koja žena, povezana rupcem, i brzo se sklanja. Psi na lancu trzaju se i laju. Vide se razvaljeni plotovi, guste i zbijene živice, ogrezle u zelenilo. Iza kuće odsijeva blago Una u daljini. Čuju se i vide vitlovi kako se lijeno zamaču u vodu. Brašnjavi ljudi izilaze iz mlinova i skidaju kape; sretnu se pokoja kolica koja se teško odmiču po drumu, skoro nasutim oštrim i krupnim kamenjem. Oni prelaze preko strnjišta, punih stogova, u čijoj hladovini izvaljeni momčići i psi čuvaju stoku. U daljini vide se konji kako oblijeću po guvnima i čuju se uzvici. Oni počinju da sa penju uz brijeg jednim starim, razrovanim putem, punim vododerina; iza leđa ostaju im visoke, gole planine, sa surim i strmim stijenama u kojima se gnijezde orlovi. Kroz jedan klanac probija se Una.

Inžinjer nešto priča o svome poslu i budućim radovima u ovoj okolini; Gavre Đaković pogleda ga od vremena na vrijeme i klimne glavom, ali ga ne sluša. On gleda pored sebe nju, u lakoj, plavičastoj haljini, sa vrpcama koje se lepršaju na vjetru, sa širokim, slamnatim florentinskim šeširom, na jakoj, bujnoj, zlatunjavoj kosi; lice duguljasto sa finom bijelom puti koja se pokadgod zarumeni, sa dosta običnih poteza, ali punih jedne blage nježnosti: tek malo zamišljenosti koja se trenutno javlja iz njezinih očiju, daje licu više izražaja. To je bio njegov prvi utisak. On se obraćaše njoj sa pokojim neznatnijim pitanjem, a ona se osmjehivala i potvrđivala.

Uđoše na jedan razvaljen put, pun krupnog kamenja na kome se poznaju obli tragovi čelične šipke; dolje, ispod njih, zarasla brdo bukova šuma, puna hladovine i svježine. Već su mogli da spaze mnoštvo ljudi koji dižu graju, usijecajući put u brdo, jedni valjaju kamenje i slažu ga na putu, drugi udaraju gvožđe u tvrdu stijenu i udarci bata odjekuju u uvali; vidi se četica ljudi kako se rasprši u tren oka na sve strane, polijegajući po zemlji; digne se oblačić dima, grmne i odjekne nekoliko puta potmuo pucanj s kišom kamenja koje pada, pršteći i rušeći se niz brdo. Udaraju batovi, vide se zamahnute i zasukane mišice, mučno se zabada čelik u cijelac kamen. I prilazeći bliže, oni mogu da vide u neprekidnom poslu ljude sa razdrljenim košuljama kroz koje se crne prsa, u prljavim gaćama, zakriljene od sunca različitim šeširima koji pričaju njihovo mučenje i prebijanje po tuđini. Čuju se veseli, hrapavi glasovi gdje se dovikuju, pod suncem koje se diže i koje počima da šiba svojim zrakama. Iz šikare, na trnju, plave se njihovi prsluci. Čitavo polje ispod njih odjekuje od njihovog posla, njihove vreve i eksplozije dinamita.

Inžinjer ode odmah radnicima, a oni siđoše dolje u hladovinu, pod jednu bukvu, s gustom, neprozirnom i neprobojnom krošnjom i obilatim i bujnim lišćem koje sakriva grane i ogranke. Ona je bacila svoj šešir na hrpu suvog lišća, i oni sjedoše, pogledavši se u isti mah, i baciše pogled naviše. Odozgo se čuo ozbiljan, pola ljutit i odsječan inžinjerov glas koji je davao radu jednu oštru i zapovjedničku notu: jače i brže lupali batovi, češće se razlijegala eksplozija, ljudi se naglije i užurbanije kretali. Gore se vidio on, crven, sa ispupčenim trbuhom, sa šeširom koji ga poklapa, mašući, pokazujući i upirući svojim štapom na nešto, sklanjao se i trčao nespretno, ljuljajući se i zavaljujući se s desna na lijevo kad je pucalo u njegovoj blizini, vraćao se sav zaduvan na staro mjesto, potičući rad sve življe svojim oštrim, reskim glasom, ne dajući ljudima da dahnu, da se odmore, da se napiju ugrijane vode, ne videći u njima ljude nego radnike koji moraju da ga slušaju i da mu se pokoravaju, ako hoće da zasluže koju krvavu paru, gledajući samo svoj posao pred sobom koji treba da se svrši. On je gore bio postao sasvim drugi čovjek, ne naličeći ni najmanje na onoga trbuška, sa licem za šalu i za smijeh, sa debelom cigarom u zubima koja mu se vazda gasi, sa izgledom čovjeka koji ne zna da se naljuti.

A oni dolje pričali su o Zagrebu, o stotinu stvari koje su dobro znali, sjećali se sa vedrim i veselim smijehom malih događaja; njihov govor lagano i isprekidano miješao se u pun i jednoličan šum bukvika. I podne je brzo došlo u pričanju tih sitnica kad je inžinjer sišao k njima, sav crven, zaduvan, uzrujan i promukao, tužeći se na naše radnike, psujući ih i prijeteći im, govoreći kako je sasvim drukčiji češki radnik; i kad dođe na svoju vječnu omiljenu temu, Češku, njegovo se lice ponovo razvedri, glas mu posta blaži, a oči se dobrodušno rasvijetliše ispod rijetkih trepavica.

Oni ne dadoše Gavri Đakoviću da ide kući na ručak. Ručao je zajedno s njima, dok se više njih, kod radnika, javljalo življe raspoloženje: viđale se žene i djevojke koje su bile donijele jelo svojim ljudima, braći i rođacima; razlijegao se podalje iz hladovine veseo vrisak djevojaka i lijeno, bezbojno smijanje žena; gore ležale razbacane ćuskije, lopate, batovi, kolica i drugi alati koji su bliještali na suncu.

I poslije podne, kad su niz brdo silazile gomile žena, kad radnici uzeše ponovo od sunca ugrijane alate, kad se inžinjer lijeno i nespretno krivudajući uzvera k njima, kad u polje ponovo odjeknu njegov ljutit glas, kad zalupaše batovi i užurbaše se ljudi, Gavre Đaković oprosti se s njom. Njoj bi malo krivo što je ostavlja, ali ga ne zadržavaše. I on se uputi kući. Začu iza sebe glas inžinjera koji mu veselo dovikivaše nešto, mašući štapom. Gavre Đaković odškrinu malo šešir i vidje Paneka kako se odmah uputio jednoj gomili radnika, počimajući da ih psuje.

Kad je stigao kući zatekao je na stolu ručak koji se ohladio. On je zbacio sa sebe kaput, skinuo kragnu i spustio se u naslonjaču, osjećajući se umornim, ne toliko od hoda koliko od razgovora, od vreve, od rada koji je vidio; bilo je neizmjerno mnogo umora u onome jednolikom, teškom i potmulom udaranju batova i u čestim eksplozijama.

I on se smijaše samome sebi, svojoj radoznalosti da se upozna s tom djevojkom koju je naravno zamišljao sasvim drukčije, bolje ili gore, koja nije bila rđava, koja je bila kao i sve ostale, i sve što je donio u sebi od tog poznanstva, bio je jedan miran i ravnodušan utisak. I poslije pola sata, on više i ne mišljaše na nju.

Ništa više nije bunilo njegove misli; on je često nije ni primjećavao. Pomalo je kadgod razgovarao s njom na hodniku: oboje naslonjeni na svoja vrata. U kući mu se bolje sviđala, gdje se jače, bez šešira, isticala njezina kosa. Našao je u njoj jednu mirnu dobrotu koja mu se dopadala. Vidio je da joj je još uvijek bilo žao što ju je ostavio tako naglo onoga dana. Pa poslije razgovora, on je opet postajao stari i puštao se sa uživanjem svojoj čami, ne trudeći se da daje mislima izvjestan pravac; mrzilo ga da se obmanjuje.

I tako se vukli dani bez obilježja i bez uzbuđenja.

Jednoga jutra probudio se kasno, umorniji nego što je legao; soba je bila mračna, napolju padala kiša, zapljuskujući prozore. On se teško digao, osjećajući se da nije ni za što, misli su mu bile glupe, pokreti teški, pogledi prazni. Nije se sjećao da ga je odavno toliko ubijala čama kišnog dana, to nemoćno mrtvilo, isprekidano šištavim šumom kiše koja pljušti, zaklanjajući svojim finim, drhtavim platnima od sitnih, zbijenih mlazova predmete u daljini; i na njegovu dušu navlačila se ona jednaka, mirna, siva boja koja daje svemu prljav izgled. Nije bilo u tome danu ničega zlog, ničega rđavog, nije u njemu bilo nikakve srdžbe ni zlobe, ali nije to bila ona dobrodušna, bujna i gusta kiša koja se slijeva s uživanjem i klikom, u punim zvucima, poslije sušnih, izgorjelih dana, u njedra zagorjelih i okorjelih polja. Bilo je u toj kiši nešto prljavo i jadno, u tim tankim i uskim mlazovima koji se kvase i gube u nemirnim lokvama žute, blatnjave vode koja zalijeva kaljave drumove; bilo je u tome svemu mnogo jedne bijedne nemoći, nečega bez snage i bez volje; kiša je curila s prezrivim, bezvoljnim jadom, vazda jednaka, i preko mrtve noći i zamrlog jutra i dana koji je kunjao.

Kako je on teško snosio taj dan, pun potištene nejasnosti i nečega skrivenog, na svojoj duši! On je osjećao toliko tereta na sebi; sive, olovne čame koja je bila strašna, jer je bila nepomična i grozna, jer je bila neiskazana i nemilosrdna, jer se nije mijenjala, ostajući vječno ista. On se osjećao sputan od nje, od nečega nevidljivog što ga gnječi, muči i satire, lagano i bez žurbe, besprekidno i sigurno. On nije nalazio ničega u sebi da se odupre i otme tome zlu, on mu se bio predao sa zatvorenim očima i malaksalim tijelom, proživljujući grozne časove, očajne u svojoj praznini.

Znao je da je ona sama kod kuće, da je inžinjer još ujutro nekud otišao, da se i ona možda dosađuje i muči, da možda želi da progovori nekoliko riječi, ali ništa se u njemu nije kretalo, ništa ga nije poticalo da se digne iz svoje naslonjače, prema svemu ostajao je tvrd i hladan. Činilo mu se da je čuo njezine korake u hodniku, da se njezina vrata više puta otvaraju, ali on je bio nepomičan, sa zakovanim tijelom i zaspalim mislima koje su ga ubijale svojim mrtvilom. I dan se teglio prljav, kišan, blatan i turoban, ne naličeći ni na dan ni na noć.

I on je valjda bio zadrijemao u svojoj naslonjači,

jer kad ga je trgla neka lupa iz hodnika, oko njega je bila gusta pomrčina. Mrzilo ga je da pali svijeću i gleda na sat, osjećao se poslije sna nešto bolje; misli su tekle lakše, nije ga tištao umor. I ponovo mu dopiraše do ušiju neki šum iz hodnika, kao da se neko napreže da digne nešto teško; jednom mu se učini da čuje nečije stenjanje i nečije zadahtalo naprezanje.

On zapali svijeću i otvori vrata.

Na kamenim pločama hodnika ležao je potrbuške pijan inžinjer, gologlav, pokušavajući da digne glavu, sa još crvenijim mesnatim obrazima nego obično, sa krvavim, izbuljenim, blesavim, pijanim očima, sa nabreklim žilama na čelu, sa zamuljenim rukama, sav blatan i mokar od kiše. Pored njega klečala je kći, pokušavajući, mučeći se uzalud da ga krene i da mu pomogne da se digne. Na njezinom licu u koje je udarila vatra, ogledalo se nešto strašno i zaprepašćeno, s očima, punim suza, ubijena stidom, osjećajući poniženje svoga oca, kao da i na nju pada jedan dio njegove sramote. Kad ugleda Gavru Đakovića, ona briznu u glasan plač i sakri lice rukama.

— Gospodine Đakoviću, gospodine Đakoviću

— ponavljaše ona kroz suze, ne mogući više ništa da kaže, sva uzdrhtala i uzbuđena, gušeći se u gorkim i nesrećnim suzama.

Njega prođe nekakva jeza kad vidje njezin plač, tugu i sramotu; njemu dođe želja da udari nogom ovo pijano stvorenje, izvaljeno nemoćno, sa raširenim rukama, punima blata iz jaruga. I on ljutito, ne pazeći gdje ga hvata, ne mareći za stenjanje ni za odupiranje gospodina Paneka, više vukući nego noseći, uvede ga u drugu sobu, praćen Irenom sa svijećom u ruci koja je drhtala i tresla se kao u groznici. Ona ostavi svijeću i iziđe. On ga svuče, baci ga u krevet, ne mareći za njegovo mumljanje, i pokri ga. On odmah poče da hrče.

U drugoj sobi, na stolici, sa laktovima o stolu i rukama na licu, ona je plakala jednim tihim plačem. Mala, prosta lampa prosipaše lijenu svjetlost na njezine kose koje su bile napola pale i na fino rumenkasto meso lijeve podlaktice sa koje se bio spustio raskopčan rukav.

On joj lagano priđe i uhvati je blago za podlakticu.

— Ne plačite — reče, i osjetivši da mu glas dršće i biva slabiji, trudio se da ga pojača i da mu dade blagu mirnoću — ne plačite — reče ponovo sa nepogođenim tonom glasa — nije to ništa tako strašno, to je dosta obična stvar.

I pusti njezinu ruku.

Ona samo što malo otkloni dlanove s očiju, zadržavajući svoj položaj s rukama ispred lica, i pogleda ga tužno i pametno u oči.

— Kako sam nesrećna, Bože moj, kako sam nesrećna! — reče i klonu čelom o go, drven sto i zajeca, tresući se kao trska.

On stajaše neko vrijeme pored nje, tražeći jednu pametnu i utješnu riječ, ali je ne nađe. Pa onda lagano pođe prema vratima.

— Laku noć! — reče.

Ona ga ne ču i ne maknu se.

On pođe sav uzbuđen i uznemiren u svoju sobu i tek kad se udari o jednu stolicu, sjeti se da je zaboravio svijeću u inžinjerovoj sobi. On se svlačio u mraku i činilo mu se da još čuje njezino bolno i uzdrhtalo jecanje; i kad je legao, činilo mu se da je još vidi satrvenu i slomljenu, punu neizrecivog jada koji je lila u suze, i on se stresaše, videći je kako dršće, sa vrelim čelom na hladnom stolu, kako joj igraju grudi, kako joj ruke, vlažne od suza, pritiskuju lice: njega prožimaše vječno njezin tužan, zaplakan pogled, njega pritiskivahu kao kamenje njezine žalobne riječi, pune suza, bola, sramote i jednog jada, teškog kao olovo: „Kako sam nesrećna, Bože moj, kako sam nesrećna!"

I u mrtvoj noći bez života i kretanja, on neprestano mišljaše na nju i na njezine riječi. On se prevrtaše s jedne strane na drugu i ne mogaše da zaspi. „Ona sigurno još plače", mišljaše on. „Ona kaže da je nesrećna."

„A zar sam ja srećan?" zapita se on i lutaše očima po tami. I čitave noći ne sklopi oka.

V

Iza toga događaja koji je, za časak, probudio i potresao ovu mirnu kuću, sve se ponovo sleglo i smirilo. Isti onaj mir, ista ona tišina i jednoličnost koja je bila prije toga, vraćala se sa pobjedničkim likovanjem i padala zajedno sa novom prašinom i sumornim danom, koji je strmoglavljao kao u ponor, kroz male zastrte prozore, svoju jadnu i bezvoljnu svjetlost na predmete i na čovjeka, umrtvljavajući ih i izjednačavajući ih, praveći od čovjeka neki čudnovati predmet koji je slučajno ovamo zabasao. Samo u zoru potresa se kuća iz temelja od inžinjerova glasa, koji čisti grlo, i njegov kašalj čuje se u desetinu okolnih kuća, otkuda se već ljudi žure na posao da tamo stignu prije njega. I onda protabaju hodnikom njegovi koraci i miris cigare prodre kroz pukotine od vrata; začuje se još jednom ispod prozora njegovo kašljanje ili kako odzdravlja svojim pogrješnim naglaskom, i sve se to najednom izgubi i u kuću se vraća stari mir.

Nekoliko dana iza toga kad se je Gavre Đaković vidio s Panekom, ovaj se sam dobroćudno sjetio one večeri i počeo da se slatko smije: po obrazima mu se treslo crveno meso, male plave oči gubile se i iščezavale u salu, poigravala kulja i na njoj poskakivao debeo, zlatan lanac. On je hvalio vino kod Jandrića i nije mogao da prežali što Gavre Đaković nije bio u društvu. Irena je bila porumenila i gledala u stranu, zbunjena izazivanjem uspomena one neprijatne noći.

Nju je spazio u bašti pored Une, jednog blagog jesenskog jutra sa izblijedjelim nebom i umornim i blagim suncem koje pozlaćivaše požutjelu, staračku, preživjelu travu.

Ona se digla i pošla mu u susret s veselim i dobrim osmjehom, i pružila mu prijateljsku ruku, kao starom poznaniku. On nije očekivao da će se s njom sresti i osjećaše malu, prijatnu zbunjenost i rumenilo na licu, bez imalo zlovolje; primio je njezinu ruku i promrmljao nekoliko beznačajnih riječi. Pošli su zajedno, i ne pitajući se, niz strmu obalu. Gavre Đaković posmatraše nju pred sobom, svježu i vitku, sa šeširom u ruci, gledajući kako njezina noga ide s kamena na kamen, kako se povijaju njezine haljine po tijelu; on ne osjećaše da ide, već da ga vuče za njom nešto jače od njega, i on hitaše a da nije znao šta je to što ga nosi, ne mareći za kamenje koje zapinje za cipele, ni za trnje koje zaustavlja. On nije gledao gdje staje, on nije vidio ništa oko sebe, ni požnjevena glatka polja, ni vodu koja bliješti, već samo nju, pregibe njezinog tijela, njezine pokrete, upijajući u oči njezinu sliku, kao da je sada gleda po prvi put, ne skidajući pogleda s njezinih pleća na koja kosa baca sjenku. A ona se osvrtaše s vremena na vrijeme, osmjehnuvši se i kazavši mu koju riječ, osjećajući njegove oči na sebi, čujući njegove korake za sobom, sluteći njegovu misao koja je prati. Kad dođoše jednom grmu ona se zaustavi, okrenu se i sjede pod grm.

— Ovo je mjesto koje ja volim — reče ona. On se spusti pored nje.

I s nogama nad vodom, s osmjehom u očima, oni su pričali mnogo i veselo, kao prijatelji koji se poznaju godinama, dok je vrijeme jurilo kao voda ispod njihovih nogu. I oboje se osjećahu teško i neodlučno u času kad se moradoše rastajati.

Kad je izgubi s očiju, on iđaše lagano, s oborenom glavom, s očima punim njezine slike, s ušima punim njezinog smijeha i riječi. Gavre Đaković osjećaše u sebi nešto neobično i novo što ulazi, ne pitajući, u njegov život, krčeći sebi put moćno i silno, odbacuje njegove misli, potiskuje i daje druge pravce njegovom dotadanjem životu, razgoni mrak, unosi svjetlost, donosi stotinu promjena, stvara novog čovjeka i rađa volju, mladost i snagu.

Ipak, na mahove, snažno izbijaše u njemu tjeskoba, mračna i crna, puna pitanja i sumnje: „Kuda to vodi?" I on se upinjaše da razumije to novo osjećanje, bojeći se da ga nazove jednim imenom, i prevrtaše ga, ispitujući, sa sviju strana, ne vjerujući ničemu i bojeći se obmane i izlišnog varanja samoga sebe. „I zašto to baš sada dolazi?" pitao se. Koliko dana gledao ju je, kao što je posmatrao svaku ženu, ne praveći velike razlike između jednih i drugih i ne misleći kasnije na njih; gledao ju je, a da ništa u njemu nije kazalo da je ona bolja, ljepša i njemu milija od drugih. On se uvjeravaše da se vara, da je to samo jedan dan mladosti, kao što ih ima mnogo u životu; i on vjerovaše da će i taj dan proći, kao što su prošli i iščeznuli mnogi drugi, i odnijeti za sobom i uspomene i slike i riječi, a život će protjecati ponovo jednolično i tupo.

Puštaše se mislima, ne prisiljavajući se da ih upravlja, i one tražahu nju i nalažahu je i dobru i veselu i sa tužnim sjećanjem one večeri kad ju je vidio uplakanu i nesrećnu, i onda gdje lagano mahaše nogama nad vodom, i gdje korača preko kamenja unskom obalom, a on hita za njom, ne odvajajući pogled sa njezinog struka, ni sa pleća koja se provide.

I on se sjećaše da njegove misli nijesu dovoljno jake da se otresu nje; on ih osjećaše ispretrzane, nategnute, kao da ne dolaze iz duše. Njezina slika bila je moćnija; Gavre Đaković nije osjećao dovoljno snage da pokuša odlučno da je izbriše ili da joj doda nešto ne dobro, rđavo, ružno — osjećajući da nema prava da je vrijeđa i da bi ta uvreda isto toliko boljela i njega, kao i nju, kad bi je znala. On puštaše da ga pritiskuje taj sladak teret što pada na njegovu dušu, ispunjava je, i nosi njegove misli nekuda gdje još nijesu dotada bile. I pred njim kao da se rađa nov život o kome nije nikada mislio ni snivao, mlad, svjež i krjepak.

On ipak sjutradan ne izađe iz kuće, mada je znao da će ona biti pored Une, jer ju je čuo kad je izišla i vidio kuda je pošla; mada je znao da će ga čekati, misliti na njega, da će joj možda učiniti nažao. U tome času, on osjećaše u sebi nešto rđavo i volju da učini neko malo zlo i zlobnu želju da je ujede za srce, i on se uvjeravaše, ne vjerujući u to, ali ipak dopuštajući da ona ne mari za njega ili da mari samo zato što nema ovdje nikoga drugog, da je on za nju samo jedan predmet kojim prekraćuje vrijeme. Pa iako nije otišao da se s njom sastane, on mišljaše na nju cijelog dana.

Možda nikad toliko do tada, kao ovih dana, Gavre Đaković nije osjećao da je u njegovom životu nedostajalo nečega što bi mu možda dalo drugi pravac i drugu boju, unijelo u njega više mladosti i više svjetla. On se ne sjećaše da je volio ikada u svome životu, volio na onaj način kako je on ljubav zamišljao, i čekao je, s nestrpljenjem, dok se osjećaše mlađi, da to vrijeme dođe; uspavljivao je s teškim srcem svoju čežnju i lutao kadgod u uzbuđenim noćima, po mračnim i sjenovitim drvoredima, dok mu jednolično prštaše pijesak ispod nogu, a po klupama se viđahu nejasni i zbliženi parovi kojima nijesu mnogo smetali koraci samca prolaznika koji luta po krivudavim stazama. I uspavljivala se lagano čežnja u njemu, tješeći se običnom, vašarskom ljubavlju; gasila se neprimjetno mladost koju je ostavljao u mračnim ćoškovima kavana, među ostacima cigareta i drugim smećem. Činilo mu se da je pregorio i tu želju, zajedno sa ostalima kojih se bio odrekao. Tek pokadšto ga nešto zapeče u srcu jednim oštrim i jetkim bolom, i on samo osjeća kako prolazi nečujnim korakom kroz godine, mrzovoljan, sa rukama čvrsto pritisnutim na grudi, sa stisnutim zubima i sa zgrčenim pesnicama, kao čovjek koji je naumio da se svega odreče i da sve mrzi. Prošle su ga bile te vatre i groznice; on je bio gotovo prebolio i zaboravio nešto za što je mislio da se možda nije za njega ni s njim rodilo.

I kad je najmanje to očekivao, kad je najmanje osjećao za to volje, kad je možda bio napola raskrstio sa životom, kad osjećaše da će to možda unijeti u njegov život više nesreće nego blagodati koja bi ga, da je došla prije nekoliko godina, vratila radu, mladosti i životu; kad već nalažaše u prorijeđenim kosama sijede vlasi, osjećajući slabost u tijelu, a bezvoljnost u duši, kad je sahranio mladost punu nerazumljive čežnje — javljala se ona, ta djevojka koju je upoznao jednim običnim i prostim slučajem.

Kad ju je sreo, poslije nekog vremena, s ocem, koji je ostajao vazda isti i nepromjenljiv kao i njegova odjeća, riječi i pogrješke u govoru, on je spazio u njezinim očima prijekor. On nastavljaše da govori sa starim, osjećajući što mu ona kaže svojim nijemim pogledom; on se trudio da zaboravi na to, ali kadgod je obraćao oči prema njoj, vidio ju je gdje ide pored oca ozbiljna i bez riječi, i on se korio da nije trebao da je žalosti. I kad smete s uma i kad se prevari da je upita da mu nešto potvrdi, ona lagano klimnu glavom i pogleda ga ponovo, i on jasno vidje da u tome pogledu bijaše više žalosti, više neke mirne, ozbiljne tuge nego prijekora. Gavre Đaković puštaše starog da mu priča, ne slušajući šta mu ovaj govori.

Stari ode radnicima i ostavi ih same, i Gavre Đaković ne usuđivaše se da je pogleda u oči. On baci na nju jedan pogled sa strane: ona prevrtaše u rukama neki vez, a oči joj se bijahu izgubile na drugoj strani preko Une.

— Vi se ljutite? — zapita on.

— Zašto? — reče ona i pogleda ga začuđeno.

— Ja sam mislio... — kaza on zbunjeno, ljutit na svoje pitanje i pogleda očima u daljinu, kao da tamo nešto traži. Kako ga je bunilo njezino: „Zašto?" „Ona je dakle ravnodušna", pomisli on. „A ja ne jedem, ne pijem, ne spavam, bez ijednog časa mira i počinka, misleći neprestano na nju."

Pa gledajući na nju, ćutljivu i zamišljenu, bez smijeha i bez riječi, on se pitaše šta joj je? Njemu bi krivo što je došao ovamo. I kad je htio nešto da kaže, sve riječi koje mu se naturivahu, činile mu se nespretne i glupe, nezgodne i izlišne.

— Vi ćete skoro u Zagreb? — zapita ga ona. On ne očekivaše njezino pitanje i trže se.

— U Zagreb? Ne, neću ići ove godine. To jest, ne mislim više nikako tamo odlaziti — i bi mu neprijatno što ga ona ovo pita.

— Ostajete ovdje? Šta da radite? — reče ona čisto začuđeno i ne vjerujući.

On se malo zamisli i pogleda je u oči.

— Čekati vas da dođete ovamo dogodine —

kaza on lagano i tiho, otežući riječi; prisjećajući se iz razgovora s njezinim ocem da će radovi oko putova u ovoj okolici trajati dvije-tri godine.

Ona se osmjehnu, pogleda ga i zasmija se veselim i zvonkim smijehom. I začas nestade između njih svega što je smetalo njihovom razgovoru i udaljavalo ih jedno od drugoga. U njihov razgovor miješao se žamor šume nad njihovim glavama i oko njih, dok se vidjelo užurbano mnoštvo radnika i čula lupnjava rada. I toga čitavog dana ne razdvjahu se.

„Šta je to sa mnom?" pitao se uveče Gavre Đaković, kad stajaše u mraku kraj otvorenog prozora. „Našto sav ovaj nemir, zbunjenost, slutnja koja se rađa u meni? Šta će to meni sada?" I tražaše odgovor.

Pogled mu nehotice pade na njihove prozore. Svjetlo je bilo ugašeno; valjda su već bili legli. I on se ljutio što je primio ove došljake u kuću, što su baš našli ovdje da stanuju; zar nije bilo za njih stana nigdje na drugom mjestu? Pa onda mu dođe misao da ga oni nimalo ne smetaju, da je on sam svemu tome kriv, da je on bio uvijek nesreća za samog sebe sa svojim ludim i sumanutim mislima. Kad bi im otkazao stan? Neće moći, i šta da im kaže? Ne ide, nije lijepo ni pošteno da ih istjera iz kuće; nijesu mu ništa skrivili i učinili nažao. On ne svrši nikako te misli i ne nađe izlaska iz njih, skupi čelo, zalupi prozor i ode da spava.

Vazda te misli nalijetahu na njega i on ne nalažaše nikad pravog odgovora koji bi ga umirio, doveo njegove misli u sklad, unio staro raspoloženje u njegov život i dao svima stvarima običan tok. Zašto je sreo tu ženu i šta ima u njoj? Šta je ona za njega i šta je on njoj? To mu se pitanje ne skidaše s uma. Šta goni njegove misli i što ih zbunjuje, smućuje, uzburkuje i baca po duši jedan strašan vjetar gdje se miješaju, sudaraju, satiru jedna drugu, u jednoj nerazumljivoj zabuni? Ili je nju dovelo pred njega iskušenje života, sa lukavim, malim smijehom na tankim ispijenim usnicama i mirnim, ravnodušnim podsmjehom u kutovima očiju? A on traži, ima li još išta u njemu, i nalazi pepeo i satrte, prašne osjećaje i umorne, mlake misli, dok život huji oko njega i širi miris proljeća i meku toplinu mladosti; on osjeća njegov zdrav, bujan miris i još više opaža kako je on za sve to tuđ, prestario; kako je zakasnio i da to sve dolazi samo da ubrza njegov pad i da pokaže njegovu maljušnost, uskotu i ništavilo.

I dolažahu mu trenuci kad htijaše da se otrese svega toga, da baci to preko sebe kao jedno breme sa svojih leđa, da odgurne nogom, da raskine rukama, da kida zubima — pa da ispravi ponovo glavu i da ponovo pogleda prkosno u život.

Ali to bijaše samo u trenucima zanosa, i on osjećaše kako biva slabiji, kako podliježe; kako se njegove misli rugaju s njime, kako ga mahnito napadaju, bole, žegu i bacaju na koljena pred životom koji stoji ozbiljan i miran, sav u noći, iznad šumne rijeke.

U izvjesnim časovima on bijaše sasvim tuđ samome sebi. Mjesto jednog turobnog, zamišljenog, razočaranog čovjeka, kako je on sebe zamišljao, on nalažaše u sebi jedno čudnovato ružno biće, puno zlobe prema svijetu i životu, sebično i jadno u svome rođenom zlu. On se zaprepašćavao, čudio, pitao: „Otkuda ovo meni? Kad se je ovo biće uselilo u mene? Otkuda je došlo? Šta hoće taj čovjek koji mrzi sebe i druge, koji se podsmijeva svemu i sebi, koji živi od zla iz kojega je iznikao?” I on ga zagledavaše, posmatraše i nalažaše na njemu svoje crte. „Ne, ne, nijesam to ja!" rekao je on s užasavanjem, dok je ovaj u njemu napravio jednu prezrivu grimasu. Pa kad je pokušao da ga uhvati, da ga iščupa, on je osjetio njegovu snagu; on je osjetio kako je to biće usko sraslo s njim, kako ga ono i sačinjava, da to nije nitko drugi do on, Gavre Đaković, da on nosi godinama to biće u sebi, da ga godinama krije, ućutkuje, pretrpava gomilama izgovora, obmana, laži, da ga se boji i da poštuje, i da mu se sa tajnim uživanjem ropski pokorava. On ga je osjećao u sebi kao teret koji ga vuče zemlji, koji mu ne dâ da se krene, ispravi, pođe; koji ga je obuhvatio svojim velikim, neprirodnim rukama i steže mu tijelo, pritiskuje mozak i vodi ga vazda u jednom istom uskom krugu; meće mu svoje velike dlanove pred oči i zaklanja mu vidike, govoreći mu da nema pred njim ničega što vrijedi da se gleda i vidi, da nema ničega za čim treba da se teži, ni ciljeva koji trebaju da se traže, ni puteva koji njima vode. On ubija želje, sužuje misli, zatvara oči, zaglušuje svojom glasinom sve što se oko njega čuje, zbiva, glasno živi i ori. On klikće kad opaža u njemu pustoš gdje se širi, nade gdje se lome. I kad sve zastane i zamre, kad nastane u njemu jedna čudna mrtva tišina, on osjeća u sebi njegovo zadovoljno disanje. Gavre Đaković osjećaše da ga se boji, da strijepi pred njim i da ustupa kad pokuša da mu se otme ili, kad se uhvati s njime u koštac, kako ga onaj slama, mrvi, satire i obara, pokazujući svoju snagu i nadmoćnost.

Na pošljetku njega poče da zamara ova borba, ovo prevrtanje misli i neprekidna zbunjenost; on se ne osjećaše kod svoje kuće, kao u prvim danima; njega je ljutilo što drugi ulaze u njegove misli, kao što su ušli i u njegovu kuću, da ga svuda smetaju, uznemirivaju, da se svuda na njih podstiče, da ga oni guraju u stranu i da mu ne dadu da živi onim životom koji je bio odabrao.

I on pomišljaše da se, ma na koji način, vrati starome načinu življenja, da ponovo potraži svoju staru naslonjaču, svoje stare snove u polumračnoj sobi, da proživljuje napola uspavan dane, da luta sam oko Une, da zuri u vodu, u planine, u plavičastu daljinu, da ga nose njegovi snovi kao jedna široka rijeka s laganim tokom na kojoj on plovi poleđuške i sa zatvorenim očima.

Kad toga dana vidje Jeku, njemu se učini kao da je nije odavno vidio, kao da nije dolazila ovamo svakog dana, već se odjednom pokazala iznenada. On je nije posljednje vrijeme primjećivao ni opažao, niti je govorio s njom; ona nije više postojala za njega, i sada mu se činjaše kao da je gleda poslije rastanka od nekoliko mjeseci, godina, vijekova.

Njegov pogled pade na njezino mirno lice koje nije ništa kazivalo; jedino što je svrnula malo oči u stranu da izbjegne njegov pogled, i mirno ga posluživala.

U njezinoj mirnoći on naslućivaše jedan tihi jad; on osjećaše da je raskrvavio njezinu dušu, da je u njezinu bezbrižnu mladost, punu sunca i vatre, unio svoje mrazeve i zime, da je mirno i hladnokrvno, poslije jedne prespavane noći, na to sve zaboravio, bez ijedne misli koja bi ga korila, bez ijedne želje koja bi je tražila; ona je nestala i utopila se u njegovim uspomenama, izravnata možda sa gomilama šarenih žena, sa bezbojnom, plaćenom, praznom ljubavlju. Tek iza toliko nedjelja, on osjeti u sebi nepravdu i u duši optužbu.

I kad se jednim naglim pokretom maši njezine mišice i privuče je k sebi, kad se zadubi u njezine oči, on ne mogaše da u njima išta pročita do nečega što se skamenilo. I prije nego što on mogaše da posumnja da li je ona mogla da osjeti njegovu ravnodušnost i da li je nosila jad u duši, ne kazujući ga nikome, sakrivajući ga od svijeta, od njega pa i od same sebe, ona reče mirnim glasom, bez roptanja i srdžbe:

— Šta ću vam ja više? Vi mene više ne volite. Vi volite *ovu* u vašoj kući.

I htjede da mu skine ruku sa sebe.

Jedna mračna sjenka preleti preko lica Gavri Đakoviću; nešto zatitra u njegovoj duši, želja i molba da ne skrnavi jedno novo osjećanje u svome začetku; javljala se *ona* sa sjajnim i blagim očima, i u trenu kad htjede da ostavi Jeku, javi se u njemu nešto životinjsko i surovo, kao da riknu nešto, da uguši, ubije ma čim to osjećanje protiv kojega se buni.

— Ne volim ja nju — reče naglo Gavre Đaković, hrapavim i ružnim glasom — to se tebi samo čini. — I privinu je čvršće k sebi. Ona mu se ropski pokori, bez volje i bez radosti.

— Vi volite *ovu* u vašoj kući — kaza ona ponovo odlazeći, umornim i turobnijim glasom nego prije, bez ikakve promjene u raspoloženju i bez veselijeg izraza na licu, i zatvori lagano vrata za sobom i izgubi se.

On osta sam i sa njezinim posljednjim riječima koje se usjekoše u njegov mozak, izazivajući riječi i prizore, vraćajući ponovo u njega svu njegovu borbu sa mislima uzburkanih dana kad se otimaše od jednog osjećanja koje, u času kad mišljaše da ga uguši i poništi, javljaše se još jače izrečeno i određeno u njemu, sa mnogo više prijekora nego do tada. I kad se potrese polje i selo od jedne eksplozije dinamita, koja dolažaše s brda, njemu se stvoriše pred očima gomile radnika, Panek nad njima, crven i uznojen, gdje maše štapom, a niže, u gaju, on vidje Irenu, sa šeširom pored nje, sa pogledom uprtim u daljinu prema njegovoj kući.

I onda mišljaše na ovu seljačku djevojku čiju je dušu on satro, služeći se njom samo kao sredstvom da zaboravi za časak svoje mračne misli ili da istisne sliku druge žene iz svoje duše, ne trudeći se da bar pred njom pokuša da to sakrije, da je bar za neko vrijeme održi u vjerovanju da je voli. On se je na njezinu ljubav bacio kamenom prvog dana i on znađaše da svakog dana kad mu nije ni padalo na pamet da ju gleda, prozbori koju ljubaznu riječ, pogleda s osmjehom, na njezinu dušu padaše po jedan težak kamen. On je bez mišljenja i bez oklijevanja, mirno i ravnodušno, smrvio njezino srce pod jednom mogilom, i to ga zaboli sada kad je sve bilo kasno, kad je on bio nemoćan da tu mogilu krene, da je ispod nje oslobodi i da pokuša da je ponovo vrati mladosti i životu.

On se uspava sa osjećajima čovjeka koji je ubio: trzao se nemirno i gonio priviđenja; cijele noći padala jedna mogila kamenja na njegove grudi, ubijala ga, pritiskivala, mrvila mu mozak, i on jedva dočeka da prođe ta strahovita noć i sa iskrenom radošću pozdravi dan koji se rađaše.

I ujutru, kad prelomiše vedrinu sunčanog dana zvona s manastira, tome zvuku odazva se negdje duboko u njegovoj duši jedan odjek iz mladosti, koji ga sjeti majke, braće i djetinjstva, toga bezazlenog i dobrog doba, koje ga preplavi sa hiljadom uspomena — i u njemu se javi želja i osjeti potrebu da uzme iz tog djetinjeg vremena malo snage, vjeru u Boga i veselja za životom, pa predavši se sav slatkim snovima iz dana što su prošli, oblačio se, izišao iz kuće i uputio se crkvi.

On koračaše brzo, kao da ga nešto goni, kao

da hita da skine jedan teret s duše, kao da će da mu odlahne kad stane u mračnu crkvicu, da će se vratiti staro, bezbrižno doba, da će ostaviti tamo breme svojih misli i briga, vjerujući da će se roditi u njemu nešto što je umrlo, dati mu poleta, krila i tople vjere što preporađa srce, ulijeva snagu, rađa silnu i krepku volju, punu divlje, bezumne i slijepe hrabrosti i likovanja nad životom. On ubrzava korak, dok neprestano ječi zvono, odnosi zvukove u klance, koji ih odbijaju i survavaju pod svoje noge u Unu.

Gavre Đaković ne obraćaše pažnje na ljude koji smicahu s glave svoje crvene kapice pozdravljajući ga, ni na žene ni djevojke koje mu se uklanjahu s puta i šaptahu nešto za njim. On prijeđe preko jednog polutrulog drvenog mosta, punog šupljina, kroz koje se providi blistava voda koja blago šumi ne remeteći krotku tišinu svečanog dana, koga ne buni bučno okretanje vitlova s vodom koja pršti i rasipa se u pjeni na sve strane, ni puckanje s brda, i lom rada, ni poklici, ni svađe. Pred njim se crvenio zvonik male i zdepaste crkvice, sa koga se mjestimice sljuštila boja i goli lim upijao sunce i zaslijepljivao oči. On se sjećaše pričanja starih ljudi da ta crkvica bijaše sazidana na ruševinama jednog, od Turaka spaljenog i sa zemljom sravnjenog manastira, čiji se temelji poznavahu u travi između nejednakih kamenitih krstova i grobnih ploča. Manastir je ostavio crkvi samo svoje ime i u nju dolažaše, svake druge nedjelje, jedan kaluđer iz Bosne da služi liturgiju.

Zvono zastade u trenutku kad on stupi na crkvena vrata, skinuvši šešir s glave, i njegovi koraci odjekivahu po kamenitim pločama, ugušujući slabašno pojanje koje dopiraše iz pijevnice. On stade nedaleko od ulaza, i svi se pogledi upraviše na njega. Kaluđer razmahivao kadionicom, strijeljajući očima. Za pijevnicom pojao jadno i žalovito neki napola slijepi i krezubi starkelja; nekoliko djece pomagahu ga pištavim i neskladnim glasom, i utjecahu mu naprijed što je staroga ljutilo. Prekidajući pojca u polovini započete pjesme, zagrmi kaluđer iz oltara, ne puštajući nikad starca da započeto dovrši, žureći se kraju.

Jedan seljak, crkvenjak, poslat valjda za to od kaluđera, ponudi ga da ode za pijevnicu. On odbi, i čitavo vrijeme smetaše ga jedan mlaz sunca koji padaše kroz prozor na njegovu glavu. Pa kad čitav svijet poče da se krsti, i Gavre Đaković se prekrsti i učini mu se da je to uradio nespretno, nenaviknuto na to toliko godina. I bijaše mu nepoćudno što je ovamo došao. Osjećaše vlagu koja je ostavila svoje žute velike biljege na davno obijeljenim zidovima. Smetahu ga slike na ikonostasu, sa strahovitim i jakim bojama koje su blieštile, i žalobno starkeljino pojanje i gromovnički kaluđerov glas. Nad glavom mu bijaše jedan drveni polilej, ručni rad jednog pobožnog seljaka koji je izučio rezanje kad je bio na robiji. Gavre Đaković gledaše preda se, ljuteći se što svi gledaju na njega, i osjeti kako je tuđ na ovom mjestu koje ubijaše bez milosti njegove jutarnje iluzije. Ne vraćaše se ni mladost ni vjera; ti topli i vedri dani bijahu umrli zajedno sa Bogom iz djetinjstva. On sam sebi čini se smiješan i glup, i ne čekajući kraja, iziđe, praćen pogledima sviju.

On se čuđaše trenutnom nagonu koji ga je ovamo doveo, ljutio se na se u isti mah i stidio se samoga sebe i jedne djetinjarije koju je bio uvrtio sebi u glavu. I žurio se kući isto onako kako je hitao u crkvu, osjećajući se neprijatno kad bi se s kime sreo koji bi ga mogao zaustaviti i primorati na razgovor, i trudio se da zaboravi na ono što je učinio u jednom sumnjivom času. Jedva dočeka kad stiže kući, sav u znoju, zbaci sa sebe kaput i stajaše u košulji na prozoru, smijući se svome činu i odmarajući se.

Poslije pola sata, između svijeta koji se vraćaše iz crkve, projaha kaluđer, sa izlinjalom kamilavkom na glavi, na osamarenom konjčetu, sa podsavijenim nogama koje mlatarahu podbadajući lijeno kljuse, i gotovo dodirivahu zemlju.

Jedno jesensko poslijepodne, pored Une, Irena pričaše Gavri Đakoviću svoj život na odlomke: o svojoj majci kako ju je ona zapamtila: zamišljenu sa čudnim i sjajnim pogledom u časovima samoće; sa ravnozvučnim i suvim glasom, bezvoljnim kretnjama i jetkim smijehom pred mužem; povučenu u sebe; sa vrlo rijetkim trenucima raznježenosti kad ju je uzimala pored sebe, i ljubila među oči, i govorila: „Ti nijesi ničem kriva, čedo moje!" a Irena je gledala s djetinjim očima koje ne razumijevaju, pripijala se uz njezino krilo, i naslanjala glavu na njezine grudi, znajući da ovi časovi koje je dijete volilo, dolaze tako rijetko; da će proći mjeseci da ona radi mirno u svom ćošku svoj školski zadatak, da škripi pero i da se čuje kako ona svaki čas namiješta stolicu — a da njezina mati koja sjedi nepomično sa radom koji zabavlja ruke, ne prilazi k njoj; ona se radosno iznenađivala kad bi osjetila njezinu ruku na svojoj glavi kad bi mati sjela pored nje, i pitala da li joj je zadatak težak; ona je tako zadovoljno učila zajedno s njom, i često bi joj bilo krivo što tako brzo pamti.

Ona bi sva uzdrhtala kad bi se, kod stola, počinjale svađe između njezine matere i oca, koje bi trajale dane i nedjelje: ona se uspavljivala sa užasom čutih riječi koje nije shvaćala ali je osjećala njihovu težinu; budila se sa zaprepašćenošću misleći na dan koji dolazi: kad se ne zna sat u koji se ruča ili večera, kad je odlazila bez kave u školu, i bila tako rasijana cijelo vrijeme; kad se vraćala kao preplašena ptica, plašljivo otvarala vrata, i nalazila sobe nenamiještene, i sto od ručka neraspremljen; kad se na nju sasvim zaboravljalo; oca nije bilo kod kuće, mati, u jutarnjem ruhu sjedi na divanu uplakana i naslonjena na lakat — onda bi Irena poslušno sjela u koji ćošak osjećala nešto teško, i umarala se plačući, i odlazila kod tetke da ruča.

I onda otac, vazda da izbjegne da dijete ne bude više svjedok njihovih svađa koje su bile oštre, i u kojima se nisu štedile riječi, dao ju je u samostan gdje se osjećala bolje nego kod kuće: u toj mirnoj, starinskoj, krupnoj visokoj zgradi, sa stotinama prozora, odaja, polumračnog hodnika kuda nečujno promiču časne sestre kao sjenke, i samo se zabijele uzdignuti krajevi njihovih bijelih kapa; sa prostranom crkvom u kojoj vazda vlada suton, sa potamnjelih freska pomaljaju se glave i ruke, po okićenim likovima igra odbljesak od bezbrojnih svijeća, orgulje bruje, pojačane odjekom, kor ženskih glasova u zanosu penje se u nebo i slama se o starinske, neprobojne zidove, i najednom zašuti, i onda se nesigurno kotrljaju latinske riječi sveštenika sa jektičavim glasom. Nju je pridobila mehanička i vazda ista ljubaznost časnih sestara, ona je volila mnogobrojne sličice svetaca i svetica sa pobožnim stihovima i citatima, koje se nalažahu po svima njezinim knjigama i bilješkama; nju obuzeše male ceremonije, ispunjavanje sitnih obreda — i ona se osjećaše mirna i zadovoljna među mnoštvom drugarica, zaboravljajući svoje usplahireno djetinjstvo, i prizore koji su je dirali do plača.

Gotovo dvije godine, ona je živila tim spokojnim životom; obilazila je majka više puta, zadržavajući se kratko vrijeme, svraćao je i otac da je vidi, jedino, preko praznika, kad je odlazila kući, mada se roditelji sada uzdržavahu pred njom od svađe, ona osjećaše sve šta se događa kad ona nije u sobi kao i ono što se dešava dok nje nema kod kuće, i to joj je izazivalo u pameti neprijatna sjećanja iz djetinjstva i staru sjetu, ona se vraćala natrag u samostan, neraspoložena, i zaboravljala brzo na to u gomili drugarica, rada, ceremonija.

Najednom je opazila neku promjenu, a da nije znala šta se je dogodilo; časne setre bile su prema njoj usiljene, kao po dužnosti, ljubazne, i ne prizivahu je više k sebi; ona osjećaše na sebi poglede i sažaljenja i prezrenja; drugarice vjerovatno po zapovijedi, uzdržavahu se od njezina društva. I ona se osjeti osamljena, pošljednja u svemu, uvijek zaboravljena i ponižavana; vazda neki nadzor, neka suvišna strogost; neko pretresanje njezine knjige i bilješke; na ispovijedi, svećenik je zadržavaše dvaput duže od ostalih, govorio joj je ozbiljno i strogo o stvarima koje je mogla tek da sluti, ili o kojima nije imala pojma, i propisivao joj neke naročite molitve.

I ona napreže sve svoje misli jedne petnaestogodišnje djevojke, da pronađe šta je tome krivo.

Udvostručila je svoju marljivost u učenju i u vršenju vjerskih dužnosti; to nije pomoglo. Sa jednim nejakim očajanjem, ona se moljaše pred žrtvenicima, i dok su njezine drugarice spokojno spavale i ona čula njihovo odmjerno disanje, ona tiho šaputaše naučene molitve, i uspavljivaše se riječima iz molitvenika.

Tek je osjećala da se je dogodilo nešto strašno za nju; ona jedva očekivaše da joj dođe otac ili mati koje nije vidjela duže vremena, da ih ispita, da sazna to što je muči, i da se potuži. I kad je pozvaše jednog dana iz učionice, ona siđe u sobu za razgovor: na stolici sjedio je njezin otac nešto omršavio i potamnio od pošljednjeg viđenja, malo pognut, sa rukama među koljenima, i sa šeširom i štapom na stolici pored njega. Oni se poljubiše i pošto izredaše obična pitanja, zaćutaše oboje. Na ocu se opažaše nešto plašljivo, nešto što ga tišti i smeta.

— Šta radi mama? — zapita ona poslije ćutanja.

Otac ne odgovori ništa u prvi mah, i to je dirnu i uzruja; i kad se sretoše njihovi pogledi, oba puna sumnje, on joj samo reče nesigurnim glasom:

— Ti nemaš više mame.

Njoj grunuše suze, ona mišljaše da joj je njezina mama umrla bez nje, i to joj bi dvostruko žao i krivo.

— Zar je moja mama umrla? — zapita ona ne zaustavljajući se da plače.

— Gore nego umrla. Da, ona je umrla. Nje nema više ni za mene ni za tebe, ona nas je ostavila.

I on kradom ubrisa suze, ne reče više ništa, naglo se diže i ode, kao da se plaši daljih pitanja, zaboravivši da se s njom poljubi pri odlasku.

Poslije su joj kazale zlobno neke njezine drugarice da je njezina mama rđava ženska, da je pobjegla od muža s nekim lajtnantom koji je kvitirao: s jednim trgovačkim putnikom koji zastupa neku firmu iz Graca. Tako nemarno i ravnodušno ju je ostavila i prepustila ocu koji se, kao što je čula, propio i živio sa svojom vešerkom, misleći da je najbolje da njegova kći provodi godine u samostanu, u toj ogromnoj, vlažnoj, starinskoj i neprijatnoj zgradi.

I za nekoliko noći koje se činjahu neprolazne, dok je ona tiho plakala, ugušujući svoje jecanje u jastuku ona osjeti kako je život nepravedan i opor, ona stradaše za tuđu krivicu, ona je bila nesrećna radi drugoga, ona s užasavanjem gledaše kako tonu svi njezini snovi i nestaju u nepomičnoj pomrčini iz koje bije hladnoća što sleđava dušu; sve čim je ona iskitila život, bilo je strašno u jednom trenutku, brutalno i grubo.

Uzalud je tražila utjehe u molitvi, ona sa strahom osjećaše groznicu i besciljnost toplo šaputanih riječi koje se odbijahu od nečega tvrdog, i padahu natrag kao zrnje pijeska. Uzalud zastajaše u praznoj crkvi poslije drugih, na podnožju žrtvenika sa sklopljenim rukama, čim se je duže molila, tim se brže rušila njezina vjera sa njezinim nadama, i u duši ostajaše poslije toga jedna bolna praznina, ili tiho i nemoćno očajanje.

Ona mu pričaše sa utopljenim očima u vodi, sve što je preživjela, svu svoju tihu nesreću, sve svoje zebnje koje su joj mrzle dušu i ogorčavale njezinu sjetnu mladost. On slušaše nepomično njezine riječi koje je gutao i sa sobom nosio mirni šum vode, mehanično se hvatao za džep, pušio i bacao u vodu ostatke cigareta za koje se otimahu ribe, ostavljajući krugove na glatkoj površini.

On se nemirno pitaše: „Zašto to ona meni

priča?" ali nije propustio nijednu riječ, u jednom trenutku dirnu ga njezino pričanje, no on se svlada i ostade ravnodušan. Pa kad ona svrši i kad nađe njegov prazan i razbijen pogled, ona se zbuni i pokaja, puna sumnje da je njezina iskrenost i povjerenje bilo možda nepotrebno, izlišno, neumjesno. On ne nalazaše nijedne riječi da joj kaže, i oni se vraćahu ćuteći preko djeteline, podaleko jedno od drugoga, kao nečim razdvojeni, još više tuđi jedno drugom nego što su bili prvog dana kada su se sreli.

I oni se rukovaše bez riječi, njegova ruka bila je hladna kao usred zime. I dugo poslije toga, kad je ona sjedila u svojoj sobi, podnimljena rukom, dok se slijevao suton u gustim mlazevima, ona neprestano osjećaše u svojoj ruci njegovu hladnu ruku, i njezinim tijelom prođe jeza.

Oblaci zamračiše nebo i zastrše planine; prosuše se jesenske kiše i Una se zamuti, nabuja i preli se preko svojih obala, napuniše se jaruge vodom, a brdski potoci, noseći lišće, zemlju i kamenje iz planine, valjahu se niz vodojaže i slijevahu se s hukom u Unu. Selo se smirilo i rijetko ko se pomaljaše iz kuća, pokriven crnim aljincem po glavi ili zaštićen kakvim starinskim, crvenim kišobranom koji je mijenjao toliko gazda. Jednog jedinog dana, selo malo oživi i uzburka se, kad se na nekoliko dugačkih i tijesnih kola, pokrivenih asurama, s pijanim kočijašima, vratiše neki radnici iz tuđine i uz pjesmu poletiše kroz selo, zbijeni i stiješnjeni da su im noge visile iz kola, a glave im se pomaljale, s iskrivljenim licima od pjesme koju pjevahu iz sveg grla.

Rad na novom drumu bijaše zastao i svi se

nadahu još lijepom vremenu, ali kad se vidjelo da se dani za rad neće više povraćati te godine, srušiše se radničke kolibice i odnesoše alati s nedovršenog i raskaljavljenog druma.

Panek se nije mnogo žurio da otputuje, a nije ni imao razloga da hita; njegove su dnevnice, iako se nije više radilo, rasle, a Jandrić dovezao iz Dalmacije novo vino, kojega se Panek nije mogao dovoljno nahvaliti ni napiti. Gavre Đaković odbijaše uvijek njegove pozive, jer nije volio da se upoznaje s novim ljudima i da odgovara na njihova radoznala pitanja. On provođaše dane gledajući na prozor u sivo nebo i slušajući uspavljivo i mirno padanje kiše; poslije ručka razgovaraše s Irenom dok je ona radila neki ručni posao, pričajući mu štogod iz svojih sitnih doživljaja, i odgovarala na njegova pitanja, davajući mu uvijek u svemu za pravo, što je Gavru Đakovića ljutilo. On je tražio da je dirne kojom riječi, dok ga je ona samo čudno pogledala, puštajući ga da joj kaže sve što mu se svidi i bude po ćudi.

A uveče, dok se u staroj, željeznoj peći koja nije bila odavno ocrnjena i mjestimice se crvenila gdje je spala boja, razgarao i pištao sirov panj, Gavre Đaković dao se skloniti od Paneka da igraju karte.

Irena je sjedila, radeći, iza njegovih leđa i posmatrala njegove karte; on osjećaše više puta njezin dah na svome licu i gubljaše igru; jednom, kad sjeđahu uporedo, dotaknuše se njihova koljena i oboje se pogledaše u isti mah; Gavre Đaković se osmjehnu, a ona zbunjeno obori oči.

Pa iako mu se činilo da ne obraća dovoljno pažnje igri, radi Irene pored sebe — opet nije htio da vjeruje da je tako hrđav igrač, da gubi partiju iza partije. Igralo se u novac. Inžinjer, crven i zadovoljan, nateže i iskapljuje, svakih pet minuta, oveliku čašu crnog vina i opet je sam nalijeva. Gavre Đaković, na svoju nesreću, bio je kupio jedno burence dobrog vina koje je Panek odmah proglasio kao lijek od kostobolje koja se u njega redovno javlja svake jeseni.

I jednom prilikom, Gavre Đaković uhvatio ga je da vara. Ali to Paneka nije smelo. On tek samo što se zavali na stolicu, zažmiri malo i stade da se smije gromkim smijehom da se potresala kuća i uzbunili svi psi u komšiluku, i samo što predušivaše od smijeha, pa počimaše ponovo, tresući se i mašući rukama oko sebe.

Irena je bila pocrvenila. Gavre Đaković odgurnu

prezrivo karte i primaknu stolicu k peći, čekajući da dođe Panek k sebi. On bijaše zaduvan, kao da je trčao nekoliko kilometara, brisaše velikom, plavom maramom znoj sa čela i odahnu glasno nekoliko puta. Potapka Gavru Đakovića nekoliko puta po ramenu, nazva ga prijateljem, ali mu ne vrati dobiveni novac.

Tako se prekide igranje, i Gavre Đaković nije htio više nikada od toga doba da popusti tolikim molbama Panekovim da otpočnu ponovo. Stari se dosađivaše i izlažaše uveče u birtiju. Gavrino burence ionako je bilo na izmaku.

A u vremenu se već osjećala promjena; iz klanaca udaraše bura i natjerivaše Unu o obalu, povijaše kosimice kišne mlazeve, poginjaše pusto drveće i stresaše zaostalo, žuto i samotno lišće sa golih grana i uzburkivaše kroz dimnjak vatru u peći. Pa kad kiše stadoše, ispod sivog neba ostade sam oštar i suh vjetar, koji zamrznu vode i ocrveni uši i noseve dječurliji koja deraše brukvicama potkovane opanke na smrznutim barama, veseleći se blizoj zimi i grudanju, dok ih stariji ne pognaju u kuću da ne kvare uludo obuće.

Dan odlaska Panekova približavao se, i Irena

već počimaše da sprema stvari za put. Pored stvari, tu bijaše i jedan bocun domaće rakije od desetinu litara, poklon Paneku od jednog penzionisanog žandarma s kojim se bio Panek mnogo sprijateljio.

Irena bijaše nevesela i zamišljena, ne radujući se odlasku. Činilo joj se da odlazi odovud sasvim drukčija u duši nego što je došla, da se je izmijenilo nešto u njoj, da joj je Una u čiji tok je ona tako često utapala oči i misli, odnijela nešto iz njezine duše i ostavila prazninu, zamišljenost i čamu.

S kolikom je radošću ona ostavila hladne samostanske zidine; koliko mladosti osjećaše u sebi kad se je osjetila slobodna, riješena molitvenika, krunica, svetih slika; nemajući više da strijepi pred oštrim, mračnim i ispitivačkim pogledom kaluđerica; kad je smjela da osjeti prirodu, slobodu i mladost; da luta sama obalom Une i da udiše šum vode i da se odmara u sjeni lisnatog grmlja. Pa kako je to kratko trajalo, to bezbrižno i veselo doba, kako su brzo prošli i projurili ti vedri časovi! Osjetila je u sebi srce koje bije i mladost koja čezne; srela je jednog nepoznatog čovjeka koji se dosađivao i imao nastrane misli, koji joj se približio, zaustavio je u njezinom uživanju, zadobio njezine simpatije, zauzeo njezine misli, pokazao da mu nije ravnodušna, i ostao jednako mrk, nepristupačan i zatvoren.

I ona ga posmatraše, radeći preko volje svoj posao, na stolici pored sebe, gdje puši cigaretu za cigaretom, igra se s dimom i dobaci joj pokoju ravnodušnu primjedbu ili obično pitanje, gledajući u ono što ona radi.

Ona ne znađaše što da misli o njemu. Bijaše dana kad joj se činio bliz u mislima i nesrećan, i dana kad joj se činio dosadan i plitak, ili bezobrazan i drzak. Ona je uzdrhtala toliko puta pod njegovim riječima, zaplakala u sebi radi njegovog podsmjeha ili zažalila i osjetila gorko kad bi opazila da taj čovjek koga je volila ima prema njoj samo jednu nisku želju. I često puta ona nije znala da li ga voli, prezire ili mrzi, i puštaše da joj suze zamijene misli.

Bez ikakve radosti, ona je primila vijest da je dobila mjesto učiteljice u jednom selu u Posavini. Ona se osjećaše sama, sasvim sama, uz neuračunljivog oca, bez majke koja se negdje izgubila u svijetu i o kojoj nije ništa čula. I prvo što je srela u životu, to je bila nesreća; prije nego što je mogla da se naraduje slobodi, ona je osjetila srce puno jada.

Rekla je Gavri Đakoviću da će otputovati su-tradan s ocem. On se samo začudio. Rekla mu je da je dobila mjesto. On joj je čestitao. Ona je htjela da ga omrzne u tome trenutku. Nije mogla.

Pa pored svih spremljenih stvari, dolažahu joj časovi kad ne vjerovaše da ostavlja ovu kuću i ovo mjesto. Činilo joj se sve kao san, dok ona zna da će da se probudi i da se raduje životu koji je dobar i pun sreće.

I ono malo vremena što joj je preostajalo, ona razdijeli u hiljade i hiljade trenutaka, punih nateg-nutog očekivanja, gorke zebnje i slatke nade da će se to sve svršiti onako kako ona želi, da će njezinu sreću povećati jedna kazana riječ u posljednjem času, i ona drhtaše pri pomisli na to. „Zna li taj čovjek šta se zbiva u meni?" pitala se ona. Trenuci bijahu dugi, a vremena sve manje. I te posljednje noći ona nije trenula okom; ona nikad nije osjetila toliko nesreće, koliko u tih nekoliko mračnih i nepomičnih časova.

A već prije zore čekahu kola pred kućom.

Gave Đaković, polubunovan i dremovan, za-grnut jednim dugačkim kaputom, oprostio se od njih običnim pozdravom. Ona je uzdrhtala, pružila mu ruku, a riječ joj se ugušila u grlu. On je napola spavao i očevidno bilo mu je neprijatno ostavljati topao krevet. Ona je to vidjela, a još više je to osjećala u sebi.

I on sigurno već ponovo spavaše kad izađoše kola iz sela i počeše se peti uza stranu. Inžinjer, držeći jedan veliki kišobran među koljenima, hrkaše i ljuljaše se tamo i ovamo. A u Ireni se nešto prolomi i ona tiho zajeca i pokri lice rukama.

Dan probijaše, a u daljini se magla utapala u Uni.

Tek kasno ujutru, kad otvori oči, Gavre Đaković osjeti pustoš i mrtvilo oko sebe kao nekada, i užasnu se. On se ispljuska hladnom vodom, ali ne mogaše da rastjera čamu i da zaboravi prijekor koji se budio u njemu. On osjećaše svu studen ovog nerazumljivog, sanjivog rastanka; on razumjede zašto mu ona ne reče ništa pri odlasku i bijaše mu teško pri duši, kao da je iz ove kuće otišlo nešto što nije trebao ni smio pustiti da ode.

Kunjaše čitavog dana. Predveče napi se vina i ugrija, nasmija se prezirno na sve budalaštine i crne misli s kojima se gonio nekoliko mjeseci, i izvuče iz džepa neki stari broj novina u kojima se tražila kuća i zemljište na prodaju, i napisa jedno pismo.

I osjeti kako je nešto umrlo u njemu zauvijek.

Niko ga nije vidio kad ga je nestalo iz sela. Tek poslije petnaest dana doputova neki sitan i ćosav Švaba, otključa kuću i istog dana počeše se na kući probijati vrata za dućan, a unutra, stružući tezge, pjevao stolar Talijan pjesmu u dijalektu.

Pisahu neki seljaci kući iz Amerike da su vidjeli Gavru Đakovića u Valparezu.

Veljko Milićević, srpski pisac moderne, novinar i prevodilac, rođen je 1886. godine u Čagliću kod Lipika, u Slavoniji.

Osnovnu školu pohađao je u Donjem Lapcu i Gospiću, a gimnaziju u Zagrebu i Beogradu, gde je i maturirao 1904. godine.

U Ženevi je započeo studije prava i romanskih književnosti. Studije je nastavio u Londonu, a zatim i Parizu.

Po povratku iz Francuske, 1911. godine, zaposlio se u redakciji lista „Narod" u Sarajevu.

U balkanskim ratovima, ali i Velikom ratu, učestvuje kao dobrovoljac i ratni dopisnik. Posle povlačenja srpske vojske na Krf, kao diplomata i član crnogorske vlade u emigraciji, u Francuskoj je bio na funkcijama šefa Presbiroa, ministra pravde i zamenika ministra prosvete.

Posle Prvog svetskog rata živeo je u Beogradu. Od 1923. godine pa sve do smrti, bio je član redakcije „Politike".

Milićević je značajan trag ostavio i kao prevodilac. Svojim prevodima sa engleskog, francuskog i češkog u velikoj meri obogatio je srpsku književnu tradiciju. Takođe, čitajući najznačajnija savremena književna ostvarenja direktno na jezicima na kojima su napisana, upoznavao se sa novim književnim tokovima i pravcima, i elemente istih postepeno uvodio u domaću književnost.

Nosilac je brojnih odlikovanja među kojima i crnogorske Srebrne medalje za hrabrost, Jubilarne spomenice i Danilovog ordena III, IV i V stepena.

Preminuo je 1929. godine u Beogradu.

Kratki lirski roman *Bespuće* najznačajnije je delo Veljka Milićevića. Smatra se prvim modernim romanom u srpskoj književnosti. Napisan je u Londonu, a objavljivan u nastavcima, od januara do juna 1906. godine, u časopisu „Srpski književni glasnik". Prvi put je štampan kao zasebna knjiga tek šest godina kasnije, 1912. u Sarajevu. Kroz lik

Gavre Đakovića, koji se iz Zagreba vraća u rodnu Liku gde se sada oseća kao stranac među svojima, pisac u ovom romanu ličnosti i atmosfere, sa malo ili gotovo nimalo radnje, istražuje unutrašnji svet glavnog junaka, njegova osećanja, nemire i lične borbe. Potpunim otuđenjem od sebe, koje nastupa posle bega iz gradske u idiličnu seosku sredinu gde ne uspeva da pronađe jednostavne radosti života, glavni lik ovog dela postaje prvi tipski antijunak naše književnosti.

Veljko Milićević
BESPUĆE

London, 2023

Izdavač
Globland Books
27 Old Gloucester Street
London, WC1N 3AX
United Kingdom
www.globlandbooks.com
info@globlandbooks.com

Naslovna fotografija
Kyryl Levenets
(https://unsplash.com/photos/2KI5e8_ZTao)

www.ingramcontent.com/pod-product-compliance
Lightning Source LLC
Chambersburg PA
CBHW071022180726
48291CB00004B/1586